文春文庫

親子の肖像

アナザーフェイス0

堂場瞬一

文藝春秋

親子の肖像
アナザーフェイス０◎目次

親子の肖像

アナザーフェイス0

取調室

8月15日：日付が変わって帰宅してから、この日記を記す。夜遅くに菜緒《なお》の陣痛が始まり、入院。一旦収まったので、自分だけ家に戻って来た。16日の午前中には生まれそうだ、とのこと。残念ながら仕事がばたばたしていて、出産にはつき合えそうにない。菜緒のことだから大丈夫だと思うが、心配ではある。しかし、自分が父親になるとは……生まれてくるのは男の子だ。名前はもう「優斗《ゆうと》」に決めてある。今はとにかく、無事に出産を終えるよう、祈るしかない。こういう時に何もできない男というのは、情けないと思う。

大友鉄《おおともてつ》は、ざわついた気持ちを抱えたまま取調室に入った。これが本部の捜査一課に上がる前の、所轄での最後の仕事になるだろう。警視庁で刑事をやるなら、捜査一課――ずっと希望してきた願いが、ついに叶った。やれるのか、というかすかな不安をはるかに上回る浮き足立つような気持ちを、何とか抑えつける。

相手は難敵だ……逮捕されてから既に十二日、のらりくらりと取り調べの追及から逃げ続けて、今日の夕方、勾留期限が切れる。物証も乏しく、このままだと勾留延長できないまま、釈放することになりかねない。自供させられなかったら、異動の話が飛んでしまうのでは、と大友は恐れた。警察は――特に本部の捜査一課は――ミスに厳しいのだ。たった一度の失敗で放り出されてしまった先輩を、大友は何人も知っている。

座る前に、一つ深呼吸する。相手はそれを見て、すかさず先制攻撃をしかけてきた。

「えらく緊張してますね、大友さん」

「あなたの相手をしていると、どうしても緊張しますよ」

「そんなことじゃ、刑事としてはやっていけないんじゃないですか」

「それを決めるのは、僕じゃないですから」

やっと椅子を引いて座った。目の前の男――嶋田《しまだ》高弘《たかひろ》は、静かに微笑んでいる。前科三犯の人間には見えない。実際、「犯罪者」のイメージからは程遠いのだ。小柄、五十六歳、きちんと七三に分けた髪――勾留生活で髪型は乱れていたが――と、サラリーマンのような風情である。顔にも凶暴な表情はなく、常に穏やかな笑みを浮かべている。だがこの男は、詐欺の常習犯なのだ。そのせいで、成人してからの人生のうち、十数年を刑務所で過ごしている。今回もまた性懲りもなく……と苦笑いで終わるはずだった取り調べが、なかなか進まない。容疑は、詐欺ではなく、恐喝。共犯者として、重大な役割を担った、と疑われていた。

嶋田の取り調べを大友に振ったのは、先輩刑事の水口《みずぐち》だった。常に煙草を手放せない
この男は、にやにやしながら言ったものである。
「お前さんの特殊能力を、今回も使ってみろ」
そう……どういうわけか、大友を前にすると、自然に喋りだしてしまう容疑者が多い
のだ。自分でも理由は分からないが、水口は「徹底して利用しろ」と言った。「そうい
う能力は、刑事にとってどんな超能力より役立つ」と。
今回の一件が、一種の「テスト」であることは大友にも分かっていた。捜査一課に行
けば、今までよりもシビアな取り調べをすることになる。試しに、ベテランの詐欺師相
手に勝負してみろ、ということなのだ。しかし大友は、この手の容疑者には慣れていな
い。自分は平和主義者なのに、大友は所轄では、殺人・強盗事件などの捜査を担当する
強行班に所属していた。本来、嶋田を調べるのは、知能犯担当の刑事である。
それにしても嶋田は難敵だった。本当に……下手をすると、自分のキャリアが二十代
で挫折してしまいかねない。
大友はテーブルにつくと、両手を組み合わせた。正面から嶋田に対峙し、じっと目を
見詰める。この目……小さな目が難物だ。いつも柔和な笑みを浮かべているだけで、腹
の内が読めない。
「始めます」

「どうぞ」

「体調はどうですか」

「ご心配なく」

　毎朝繰り返されてきた、同じようなやり取り。営業マンが、取り引き先とビジネスの話を始める時はこんな感じではないだろうか、と大友は想像した。互いに丁寧に言葉を交わし、相手の腹の内を探りながら、自分に有利な取り引き条件を引き出そうとする。

「昨日は、東京中央銀行に開設した口座の件でお伺いしました。今日も引き続き、この口座の関係で話を続けたいと思います」

「どうぞ」腕組みしたまま、嶋田がうなずく。

　大友は何だか、自分がひどく「小物」になってしまったように感じた。これがビジネスだとしたら、百戦錬磨の部長を相手にした新人のようなものか――実際、そういう年齢差なのだが。

「七月二十五日、東京中央銀行渋谷支店に、あなた名義の口座が三つ、開設されています」

「そういう記録が残っているんでしょう？　だったら、私に確認するまでもないですね」

「何のために、同時に三つも口座を開設したんですか」

「個人的な事情です」昨日からの言い訳を繰り返す。

「しかも、この口座を開設したのはあなたではない。人を使って口座を開設するというのは、普通ではないですね」

「忙しかったので、アルバイトに頼んだだけですよ」依然として笑みは浮かべたままである。「別に不自然じゃないでしょう?」

「その口座を、あなたは使っていませんよね? 七月二十九日、三つの口座の一つに、突然二千万円が振り込まれている。それがその日のうちに、別の口座に移されました」

「覚えがないんですよね」嶋田が首を捻《ひね》る。本当に、覚えがないように見えた。「誰かに口座を乗っ取られたとしか考えられない。けしからん話です」

「そんなに簡単に口座を乗っ取られるようなことはありませんよ」

この辺は、昨日も散々遣り合ったことだ。嶋田の言い分——七月二十七日に、自宅に空き巣が入った。その時に通帳や印鑑を盗まれた、と。何故警察に届けなかったかと突っこむと、「空き巣の被害に遭ったからといって、被害届を出す義務はない」と切り返してきた。極めて不自然なのだが、この言い分を切り崩すだけの材料を大友は持っていない。実際、嶋田の言うように、空き巣の被害が報告されないこともあるのだ。大抵は犯罪絡みである。持っているはずがない物を盗まれたとしたら——つまり、犯罪によって手に入れた物が家にあったら、当然警察には知られるわけにはいかない。既にして嶋田の説明は怪しいわけだが、その件を突っこんでも話は堂々巡りになるばかりだった。こちらには何の証拠もないのが痛い。

「通帳と印鑑があれば、口座を使うのは簡単でしょうね」嶋田が淡々とした口調で言った。

「何故被害届を出さなかったんですか」

「それはこちらの都合です。言う必要もないと思いますが」

「言ってもらわないと困ります」

「大友さん……」嶋田がにやりと笑った。「私に泣き落としは通用しませんよ」

「そういうつもりじゃないですよ」実際には、まさに泣き落としだった。泣きたい気分でもあった。これで嶋田を落とせなかったら、僕の異動は吹っ飛んでしまうかもしれない。そんなことを言っても嶋田には通用しないだろうと思っていたが、どうしても気持ちが言葉になって滲み出てしまうのだった。

「泣き落としは、もっと単純な犯人相手じゃないと通用しませんよ」

「嶋田さんは複雑な犯人ということですか」

「そもそも私は犯人ではないですけどね」

軽く声を上げて笑う。十二日間も外界と隔絶されているのだから、相当追いこまれているはずなのに、表情には余裕があった。何回も逮捕され、警察と対峙していると、慣れてしまうのだろうか。

「さて、今日は外へ出る日ですね」わざとらしく壁の時計を見ながら、急に切り出してきた。嶋田本人は当然、今日が勾留期限切れだと分かっている。

「それはまだ分かりませんよ」

「逮捕から十二日……勾留期限が切れます。現段階では、あと十日、勾留を延長する理由はないでしょう」

喉元に刃物を突きつけられた気分になる。そう、ここで自供が得られなければ、身柄は放すしかないのだ。

「いつ釈放してもらえますか」嶋田が笑みさえ浮かべながら言った。

「それはまだ決まっていません」

「困りますねえ。何もないんですから、早く出してもらわないと」

「何か困ることでもあるんですか」

「そもそも、この逮捕自体がおかしいでしょう」嶋田が冷静な声で抗議した。「私は何もしていない。ここで身柄を拘束されていること自体、問題なんじゃないですか？」

「正当な捜査です」言いながら、大友は頭の中で首を傾げていた。これまで嶋田は、逮捕されたことを非常に冷静に捉えていた感がある。慣れているというか、どうせ釈放されるに違いないと高をくくっていたのではないだろうか。しかし今日は様子が違う。外へ出ることを、ここまで強調した発言は初めてだった。何か焦っている？　分からない。顔色を見た限り、いつものマイペースを保っているようだったが。

　大友は、新たな手を打つことにした。ここまで、何とか持ち出さずに嶋田と対峙してきたのだが、今となってはこれを使わざるを得ない。現段階では、最後の手段だ。

「山井《やまい》が、あなたから口座を買った、と自供しましたよ」山井は、今回の事件の主犯格である。嶋田と共犯関係にあったかどうかはまだ分からないが、嶋田の口座の謎を解き明かせないと、本筋の恐喝事件の捜査に差し障る。

「山井？　そういう人間は知らないですね」嶋田の表情は変わらなかった。

「向こうはよく知っているようですが」

「これは、謀略ではないんですか」嶋田がぐっと身を乗り出す。「きっと誰かが、私を嵌めようとしているんだ。私は、一切身に覚えがありません」

「どうしてあなたを嵌める必要があるんですか？」

「私も脛《すね》に傷持つ身ですからね。それはご存じでしょう？」急に、嶋田が下卑た笑みを浮かべる。「誰かの恨みを買っているかもしれない。だとしたら、凝った手で貶《おとし》めようとする人がいてもおかしくはないでしょう」

「人は、そこまで長く恨みを持ち続けられませんよ」

「大友さん、あなたは絶対的に人生経験が少ない」嶋田が溜息をついた。「人間は汚いものです。しかもしつこい。何十年経っても、昔の恨みを忘れない人間は、珍しくないですよ」

大友はつい、溜息をついてしまった。まったく……と思った瞬間、はっとする。溜息は、容疑者の前で絶対にやってはいけないことだ。敏感になっている容疑者は、目の前で刑事が溜息一つついただけで、いろいろなことを考える。自分の供述に呆れているのかと思って心を閉ざすかもしれないし、手詰まりになっていると判断すれば、開き直る可能性もある。

「大友さん、溜息はご法度ですよ」

はっとして、大友は顔を上げた。こいつは……警察とのつき合いが長いから、「溜息厳禁」の原則も知っているわけか。思わず口をつぐみ、険しい表情を浮かべてしまう。嶋田は、相変わらず薄い笑みを浮かべていたが、それがまた癪に障った。

午前十時、大友は最初の休憩を取ることにした。取調室に入ってから一時間。何の供述も引き出せず、話は一歩も進んでいなかった。身柄を拘束し続けるかどうか、夕方までには決めざるを得ない。そう考えると、絶望的に時間は少なかった。

「大友さん、あまり休憩は取らない方がいいですよ」嶋田が忠告した。

「いや、長時間連続の取り調べは、いろいろ問題もありますから」

「しかし、日中にずっと続けて取り調べをしていても、違法ではない。食事まで抜いたら問題になるでしょうが……途中で取り調べを中断すると、お互いに緊張感がなくなるでしょう」

「嶋田さんが緊張しているようには見えませんけどね」大友は苦笑した。笑っている場合ではないのだが、彼の言い方だと気が抜けてしまう。まったく……取り調べを中断しないのは、それが上手くいっている時だけだ。「話してしまおう」と覚悟を決めた容疑者の話の腰を折ってはいけない。だが今は、いいタイミングで休憩を入れることも大事だった。そうでないと……こちらが参ってしまう。

休憩に入る前に、ダメ押しをすることにした。先ほど使った山井という最後のカードの裏に隠してあった、まさに本当の最後の切り札。

「嶋田さん、これまでは言っていないことですが、あなたには別の容疑もかかっているんですよ」

「ほう。別件逮捕はいろいろ問題がありますな」軽い調子で言いながら、嶋田の顔は蒼褪めていた。

「犯罪事実があったら、それを見逃すことはできないんです」

「だったら何の容疑か、聞かせてもらいましょうか」

「今はまだ言えません」

心理戦だ、と大友は覚悟した。実際にはごく些細な容疑——寸借詐欺である。今回の一件の捜査を進める中で、他の刑事が掘り起こした事件だった。額はわずか二万円。相変わらずケチなことをやってる、と苦笑したベテランの刑事もいたが、どうしても自供しなければ、この一件で逮捕してさらに調べを進めるしかない。

「覚えがありませんね」

「本当に?」

無言の睨み合いが始まった。口を引き結んだ嶋田の頬が、かすかに痙攣《けいれん》している。思い当たる節があるのだな、と大友は察した。これは使える……とにかく、少し不安にさせておこう。それで頑強に否認している嶋田の心は揺らぐかもしれない。

「休憩に入ります」

取調室を出て、大友は誰に遠慮することなく、大きく溜息をついた。外で待機していたわけではないだろうが、水口がすっと近づいて来る。火は点けていないが、指に煙草を挟んでいた。

「どうだ?」

大友は無言で首を振った。取調室に一時間いただけなのに、既に一日の仕事が終わった後のように疲れている。最初、先輩たちから「嶋田の調べは楽だ」と聞いていた——話さないことはないから、と。実際、嶋田は話好きだった。ありとあらゆる事情に精通しているようで、その気になれば会話が途切れることはない。だがそれこそ、嶋田の手口なのだと大友は気づいた。巧みな話術でこちらを自分のペースに引きこみ、肝心の問題を俎上に乗せさせない。お喋りにつき合うな、というのが水口のアドバイスだった。

「外へ出たら喋ってもいいんだぜ」

水口が苦笑したので、大友は大きく深呼吸した。

「依然として、全否定です」そう言うと、胸が苦しくなる。自分の無能さを明かすようなものだ。

「まあ……物証はないが、何とかなるかもしれない」水口が助け舟を出してくれた。「検察とも協議しているんだが、山井の供述だけで、何とか勾留延長に持っていけそうだ。物証はないが、傍証はあるしな」

「でも、弱いですよね」

「確かになあ……」水口が顎を掻いた。「事実をつなぐ線が、山井の供述だけというのは弱いよな」

山井は三十五歳。こちらも詐欺の常習犯で、今回の直接の逮捕容疑は、都内のＩＴ関連会社から一千万を脅し取ったというものだった。詐欺ではなく恐喝容疑。山井は「そちらから流出した顧客リストを持っている」「闇市場に流すこともできる」「流出したことを公表すれば評判はがた落ちになる」などと脅し、複数の企業から数千万円を集めていたのだ。ただし、この「流出リスト」は実在しない。山井はサクラを使ったのだ。アルバイトで雇った人間を何人か、ターゲットの企業が提供するサービスに登録させ、彼らの名前や電話番号、カードを「リストに載っていた」実例として挙げる。実際に会員なのは間違いないので、企業は慌てる、という仕組みだった。狙ったのは、ごく小規模なIT関連企業のみ。さすがに大きな企業なら、こういう事態に対応する手は持っているからだ。まず真っ先に、躊躇せずに警察に相談するだろう。しかし今の日本には、数人で会社を回しながら大金を稼いでいるIT関連企業が無数にある。まだ若い経営者たちは、犯罪者の格好の標的なのだ。

被害額は大きかった。確定したわけではないが、現段階で総額一億円を超えている。しかも山井は、そうやって稼いだ金を海外の銀行へ送金していた。その際に、ワンクッションの役割になる国内銀行の口座を提供したのが嶋田だと、警察では睨んでいる。山井は、自分のために海外送金していたわけではない。広域暴力団の幹部が開設した口座に振りこまれていたようなのだが、これがその暴力団の新たな資金源として注目されているのだ。嶋田が用意した口座の件も含めて金の流れが完全に解明できれば、暴力団の資金源を絶つことができる。それ故本部では、捜査二課と組織犯罪対策部が協力して捜査を進めていた。

「何とかします」大友としてはそう言うしかなかった。

「何か、糸口のようなものはないのか」

「すみません、今のところは……」情けない。

「知能犯の取り調べは難しいだろう」

「頭の悪い連中じゃないですからね」

「諦めが悪いだけだよ」水口がにやりと笑う。「それに、嶋田は取り調べにも慣れてるから。どうやって追及をやり過ごすかも、よく分かっている」

「でも、それに誤魔化されたら駄目ですよね」

「そういうことだ」水口が大友の背中を叩いた。「こういう人間の扱いに慣れておいて、損はないぞ。捜査一課の扱う事件でも、狡猾な犯人はいるんだから」

狡猾……そうかもしれない。詐欺師としての人生を送ってきた嶋田は、五十歳を超えてから「バックアップ要員」に回ったと見られている。自ら詐欺に手を染めることはないが、その「準備」「手助け」をして金を儲ける。一番重要なのが、資金洗浄用の口座開設だ。不当な手段で手に入れた金は、複数の口座を経由させて綺麗にしなければならない。だが、犯人が自ら口座を用意すると、足がつきやすくなる。そのため、犯行には関係のない第三者が口座の準備をする、という手口は昔から珍しくない。嶋田の仕事はまさに、口座を開設して、それを犯罪者に売り渡すこと、と見られている。この事件の主役は山井であり、嶋田はあくまで脇を彩る人物に過ぎないのだが、全容解明のために、嶋田の関与をはっきりさせることは必須だった。

「すみません、期待に応えられなくて」

「まだ終わったわけじゃないぞ」

「いろいろ煩く言う人がいるのは分かっています」本来の担当者――知能犯担当の刑事たちから、ちくちくと皮肉を言われている。何で横から出てくるんだ、と。自供させていればともかく、この状態では何を言われても仕方がない。

「そういうのは気にするな。だったらそいつらが落とせるかと言えば、そんなこともないんだからさ」

「はあ」

「ま、焦るな――そう言っても無理かもしれないが」

「何とかします」言葉が上滑りしているな、と意識する。だが、弱音を吐いても何にもならない。

「それより、奥さんの方、どうだ？　何か連絡はないのか？」

「まだですね」大友は、ワイシャツのポケットから携帯電話を取り出した。「長くなるかもしれない、と言われました」

「最初の子は何かと時間がかかるんだ。うちもそうだったぞ。最初に陣痛が来てから、三十時間ぐらいかかった」

「三十時間ですか……」気が遠くなる。

「お前が産むわけじゃないんだから、どんと構えてろ。ちゃんと医者がついてるから、心配いらない」

「そうですね」自分を鼓舞しようとしたが、心配で鼓動は激しくなるばかりだった。体力自慢の菜緒のことだから、無事に産んでくれるとは思うが……何が起きるか分からないのが出産なのだ。

「ま、いろいろ落ち着かないと思うが、頑張れ」

「はい」そう言うしかないよな……大友は両手で顔を拭った。

これじゃ役立たずだ。大友が警察官を目指したのは、学生時代からつき合っていた妻の菜緒が事件に巻きこまれたのがきっかけである。恋人一人守れなくてどうする——悔しい思いが、大友に警察官を志向させた。彼女が平和に過ごせるためには、治安をよくしなくてはならない。

そんな大層な考えを抱いて大学を出て、警察官になって五年目。交番勤務から所轄の刑事課に回って、今年で丸二年だ。「取り調べが上手い」と評価されて、自分でもそれを刑事としての武器にして生きていくつもりだったのだが、今や自信は完全に叩き潰されている。たかが詐欺師相手に、どうして自供を引き出せないのか。

打つ手なし。自分の引き出しの少なさを呪いながら、大友はドアに手をかけた。

嶋田は相変わらず、のらりくらりを貫き通した。事実だけを見れば、いかにも彼が銀行口座を売り渡していたとしか思えない。これで、口座を買った金のやり取りなどが確認できれば完璧なのだが、そこは現金で手渡しだったのだろう。そんなところで、証拠を残すとは思えなかった。

「山井は、一口座当り三十万円で譲り受けた、と供述していますよ」時々差し入れられる山井の取り調べに関するメモを頼りに、大友は探りを入れた。

「ほう、なかなかいい商売だ」感心したように嶋田が言った。「これは、夢のビジネスじゃないですか。銀行の口座は、一円あれば開設できる。それを売り渡して三十万円になるんだったら、まさに濡れ手で粟ですな」

「そういう仕組みは、あなたが作ったんじゃないですか」

「私は、そこまで知恵が回らない」

「残念ですが、あなたの再逮捕も視野に入れています」

「ほう」嶋田が目を細める。「何の容疑で」

「最初に逮捕した容疑は、山井に三件の口座を売り渡したというものです。でも先ほども言いましたが、あなたに関しては別件の容疑もかかっているんですよ」

「ほう？　何ですかね」

「今、手のうちは明かしたくありません。でも詐欺容疑だ、とだけ言っておきます。あなたが口座の件に関して話してくれれば、別件の容疑については相談させてもらってもいい。でも話さなければ、別件で逮捕です」

周辺を捜査する過程で、嶋田が寸借詐欺をしていたことが明るみに出た。東京駅で、新幹線の切符をなくして途方に暮れた振りをし、たまたま通りかかった外国人旅行者に泣きついて、二万円をせしめたというのだ。オランダから来日して、三か月の長期滞在の最中だった被害者は、後から何かおかしいと思って知人に相談、警察に届け出て、そこで嶋田の名前が浮上したのだった。嶋田は細かい詐欺で小銭を稼いでいたが、その時に使っていた名前のうちの一つを名乗っていたのである。最近は、日本人ではなく外国人を騙す手を多く使っているようだ。嶋田は少し英語を話せるし、外国人の方が親身になって人の話を聞いたりする。とはいえ、この件は微罪であり、被害者に金を返せば、立件する必要もない事件だ。ただし、先輩刑事からは「いざという時の切り札に使え」と指示されていた。別件で逮捕となれば、嶋田も焦るはずだから、と。大友としては、そんな材料なしでも、意地で供述を引き出すつもりだったが……。

「それはそれは」

嶋田が声を上げて笑った。余裕を感じさせる笑い方で、それがまた大友を焦らせる。焦る理由はそれだけではないのだが……菜緒には、母親の聖子《せいこ》がつき添っていて、無事に子どもが産まれれば、すぐに携帯にメールが入ることになっているのだが、まったく連絡がない。今日は携帯電話が命綱なのに、ずっとワイシャツの胸ポケットの中で沈黙したままである。一度、聖子に連絡を取りたかった。その思いは強烈で、ふと気づくと目の前の嶋田の存在を忘れかけている。

「大友さん、もっと集中しないと」しまいには、嶋田に注意される始末だった。

「何のことですか」咳払いで誤魔化す。元々、集中力はある方だと思っている。それは学生時代、舞台で鍛えられた能力だ。脚本を覚えこむ時、舞台に立っている時、何よりも必要なのは集中力である。

「頭がどこかへいってますよ」

「そんなことはありません」冗談じゃない。確かに嶋田は海千山千の男だが、犯罪者に馬鹿にされるようではお終いだ。

「何か気になることがあるようですね」

「気になるのは、嶋田さんがちゃんと喋ってくれないことですよ」

「いやあ、今まで散々喋ってますけどね。喋りつかれて喉が痛いですよ」湯呑みを持ち上げ、茶を一口啜る。「それより、そろそろトイレに行かせてもらえませんかね」

大友は壁の時計――容疑者側からは見えない位置にある――を見上げた。いつの間にか、最初の休憩を取ってから二時間が過ぎて、昼飯時になっている。そろそろ昼食も食べさせなければならないし、こちらの集中力も限界である。時間がないのはプレッシャーになるが、食事をして気合いを入れ直すのも大事だ。

「分かりました。トイレから戻ったら食事休憩にしましょう」

大友は立ち上がり、同席してくれている先輩刑事に視線を送った。先輩刑事が立ち上がり、ドアを開けて刑事課に声をかける。すぐにもう一人の刑事が来て、嶋田を外へ出した。大友はドアの横にどいて、彼が脇を通り過ぎるのを待ったのだが、ふいに違和感を覚えた。嶋田は今まで、どんな時でもゆったり構えていた。逮捕された時からしてそうだった。だが今、嶋田はほんの少し足の運びが速い。トイレを我慢して、という感じではなかった。何かに追いたてられているような……少しだが焦りが感じられる。

「どうかしましたか？」

「いや」嶋田は不機嫌に言い捨て——これも珍しい——取調室を出て行った。トイレに行くだけなので手錠もなし。本当はまずいのだが、トイレは刑事課のすぐ脇にあるし、二人がついているので何とでもなるだろう。

だが次の瞬間、大友の耳には思いもかけない言葉が飛びこんできた。

「逃げたぞ！」

馬鹿なことを……大友は啞然としたまま、再び嶋田と相対した。まさか、トイレに行くタイミングで逃げ出そうとするとは。そんなことが上手くいくはずがないのは、嶋田ならよく知っているはずなのに。何と声をかけていいのか分からず、大友は無言で嶋田の顔を見詰めた。表情はない。脱走に失敗して怒っているわけでも悲しんでいるわけでもなく、顔を見た限りでは、何もなかった様子だった。唯一つ、異変があったことを感じさせるのは、額の絆創膏だけ。取り押さえられた時に壁に額をぶつけ、少し出血したのだ。医者へ行くほどの怪我ではなく、簡単に手当てを受けただけで、取調室に戻って来た。

「嶋田さん、昼食は拒否。それ故、大友も食べ損なっている。まったく、冗談じゃない……。無茶しないで下さいよ。本当に逃げられると思っていたんじゃないでしょうね」

嶋田は無言だった。大友は溜息をついて――この溜息はNGではないと思う――身を乗り出した。

「警察から逃げられないのは、嶋田さんならよく分かっていると思いますけど」

「そう――慣れてますからね」

「だったら、どうして？」

訊ねながら、大友は嶋田が取調室を出る時に見せた、かすかな焦りのようなものを思い出した。逃げ出さねばならないと焦るほど、大事なことがあったのだろうか？　そんなはずはない。今日は一日大友と一緒で、他の人間とは接触していないのだ。取調室に入る前に留置場の方で何かあったのか、あるいは昨日の夕方弁護士と面会した時に何か吹きこまれたのか——あり得ない。逃亡を勧める弁護士など、いるわけがないのだから。

「まあ、気の迷いということにしておきましょうか」嶋田が気楽な調子で言った。

「まさか」

「説明しないといけませんか？　人間の行動は、全て合理的に説明できるわけじゃないでしょう」

「つまり、何かあるんですよね？　説明できるかどうかはともかく、逃げ出そうとした動機が」

嶋田が黙りこんだ。大友にすれば一本取った形になるのだが、快感はない。むしろ、余計な一言を発したかもしれない、と心配になった。これで嶋田は頑なになってしまうかもしれない。

それにしても、謎だ。嶋田のように警察のやり方に慣れた人間なら、逃げようとしたら何が起きるか、分かっているはずである。

「嶋田さん、うちの刑事が怪我しましたよ」

「そうですか」

「つまり、別件の詐欺の件とは関係なく、公務執行妨害、傷害でも逮捕できるということです。外へ出られなくなりますよ？　これなら、先ほどの別件を使う必要もありません。詐欺容疑での勾留延長ができなくても、実質的に詐欺事件について調べることができるんです」

「そうですか」

大友はすっと引いた。嶋田のことだから、そういう取り調べ方法には問題がある、と突っこんでくるのではないかと思ったのだ。実際これは、違法か合法か、ぎりぎりのところである。別件逮捕というわけではないが、それに近いのだ。しかし嶋田は、何故か抵抗する気力を失ってしまったようだった。

「逮捕するかどうかはまだ決めていません」

「ほう」嶋田が顔を上げる。「事実があるのに逮捕しないというのは、どういうことですか」

「あなたの心がけ一つ、ということです。口座の関係について正直に話してくれれば、さっきの件については不問に付します」

「取り引きということですか」

「そういうわけではありませんが」大友は薄い笑みを浮かべた。笑顔を作るだけで、大変な努力を要したが。

「逮捕したければ、どうぞ。それが決まりなら仕方ありません」嶋田が、芝居がかった仕草で両手を揃えて前に出した。

「ねえ、嶋田さん」大友は一気に声を柔らかくした。「こんなことが上手くいくわけがないですよね？　どうして逃げ出そうとしたんです？　外に出なくちゃいけない事情があったんですか」

「さっきも言いましたけど、人間の行動は、全て合理的に説明できるわけじゃないんですよ」

　話が堂々巡りになっている。大友は口をつぐみ、嶋田の顔を凝視した。相変わらず表情がない……わけではない。かすかな絶望。失敗を悔いている。ということは、本気でここから脱走しようとしていたのか？　それなら、もっと適切なチャンスがあったはずだ。取調室を出て留置場へ戻る時とか……トイレには何度も行っているのだから、そこから逃げ出すのが難しいことぐらい、分かっているはずだ。それでもなお、逃げ出さねばならないと焦っていたのは何故か。

「嶋田さん、上手く説明できるかどうかはともかく、話してみませんか？　話してもらえないことには、私が納得できるかどうか、分かりませんよ」

「申し訳ないですが、話すつもりはありません」

「埒が明きませんね」

「それは仕方ありませんね」嶋田が肩をすくめる。

「これは、一種の共同作業なんですよ。警察と容疑者の――」

「そういう風に言うように、先輩から教わりましたか？　そんなことはありませんよ。

これはあくまで知恵比べなんです」嶋田がこめかみを人差し指で叩いた。

知恵比べというか、我慢比べではないか。大友も気が短い方ではないが、我慢にも限度がある。しかし結局、この我慢比べに負けたのは嶋田の方ではないだろうか。不可能だと分かっているはずなのに、逃げ出そうとしたのだから。


大友は取調室を出て、誰かが用意してくれていた握り飯を頬張った。これが昼食と考えると情けなくなるが、今日は時間がない。釈放なのか、新たな容疑で逮捕するのか、決めなければならず、そのための打ち合わせをする必要があった。

大友としてはどちらも嫌だった。自分の失敗を認めることになるから。理想は、本筋の一件できちんと落とすこと。だが、そのためには時間がない。結局僕には、まだ無理だったのかもしれない、と考えるとまた溜息が漏れ出る。

会議が始まる前に、ワイシャツの胸ポケットから携帯電話を引っ張り出した。依然として、連絡はなし。電話を入れてみようかと思った瞬間、刑事課長の宮川《みやがわ》が「始めるぞ」と声をかけた。慌てて携帯電話をポケットに入れ、席を立つ。時間がないので、会議室は使わない。刑事課の大部屋にあるテーブルの周りに集まり、立ったまま打ち合わせが始まった。

「テツ、どうだ？」

「すみません、まだ落とせません」

「奴も粘るな」宮川が舌打ちした。大袈裟に頭に包帯を巻いた刑事に顔を向け、

「怪我の具合はどうだ」と訊ねる。

「全治二週間です」

刑事が答えると、部屋の中に小さな笑いが広がった。「お前の頭蓋骨はヤワだな」と冗談も飛ぶ。大友は、申し訳ない気持ちで一杯になった。嶋田が逃げ出そうとしたのは自分の責任ではないはずだが、先輩が怪我しているのだ——もちろんこれは、大袈裟なのだが。嶋田が自供すれば、怪我などなかったことになるだろう。

「公妨の件についてはどう言ってる？」宮川が大友に訊ねた。

「逮捕したければどうぞ、と言っています」

「開き直りやがったか」宮川が舌打ちした。

「見透かされている感じですが」大友は遠慮がちに言った。

「俺の怪我は本物だぞ」先輩刑事が、不快げな声で言った。

「すみません」意味もなく頭を下げてしまう。

「まあ……ぎりぎりまで粘ろう」宮川が腕時計を見る。「午後五時が一つのタイミングだ。その時点で自供が得られなければ、公務執行妨害での逮捕状を執行する」

「例の寸借詐欺の方は……」

「それはまた、別の手として取っておいた方がいいだろう。今日のところは公妨だ」

大友も腕時計に視線を落とした。既に午後一時。あと四時間か……それだけの時間、嶋田と対峙していても、何か実のある言葉を引き出せる自信がない。まったく、今まで積み重ねてきた経験は何だったのか。取り調べには自信があったのだ。相手の感情に訴えかけ、喋らせる——自分にはそういう能力があると密かに胸を張っていた。

しかし考えてみれば、そういう手法で落とした容疑者の中に「知能犯」はいなかった。多くが窃盗、傷害、強盗などの粗暴犯である。殺人事件の容疑者を調べた経験はなかったが、同列に扱っていいだろう。激情に駆られて犯行に走る人間は、情にほだされて心を開きやすい。だが嶋田のように、計算して犯行に走り、警察慣れして肝の据わっている人間に対しては、この手は通用しない。

そもそも今回は、情に訴える手法をまったく使っていなかったが。嶋田に関しては比較的単純な事件で、取り調べも楽だと見られていたために、相手の「情」に訴えるための捜査がほとんど行われていなかったのだ。これはまずかったかもしれない、と大友は悔いた。家族のことも知らないで、まともに取り調べができるはずもない。

家族——そうだ。嶋田は、家族の話題が出る度に、すぐに話を逸らしていた、と思い出す。他の話題だと、止めるのが大変なぐらい喋りまくるのに、こと家族の問題になると、何だかんだではぐらかしてしまう。今考えると、ひどく不自然だった。もちろん、成人してからのかなりの時間を刑務所で過ごした男には、まともな家庭生活などないのだが……。

打ち合わせが終わった後、大友は自席に戻って、自分でまとめたノートを見返した。

嶋田の家庭環境は悲惨である。両親はともに既に他界し、兄弟もいない。親戚づきあいも完全に切れているようだった。二十七歳の時に一度結婚し、娘が一人産まれたが、三十歳の時に詐欺容疑で逮捕され、服役。獄中にいる時に離婚が成立し、その後は基本的に家族を持たなかった。複数の女とのつき合いはあったようだが、もう一度結婚する気にはなれなかったのだろう。そういう意味で、嶋田は天性の犯罪者と言える。人を騙して金を巻き上げることに快感を覚え、ひたすらそれに打ちこむ。もっとも、ある意味優しい男なのかもしれない。詐欺を重ねる人間は、自分が犯罪者だと意識しているものだ。一度は結婚したものの、その後家族を持たなかったのは、迷惑をかけるのを恐れてだったのかもしれない。

そこに弱点があるのだろうか、と大友は想像した。他界した両親のことは関係ないだろう。そう……嶋田が何気なく話を逸らそうとしたのは、娘の話を出した時だった。「娘さんのためにも……」と情に訴えかけようとしたのだが、「まあ、その件は」と言葉を濁してしまったのだ。そういうことが何回あったか——毎回、同じように誤魔化された記憶がある。その度に、嶋田はどこか落ち着かない仕草を見せた。急に目を逸らしたり、体を揺らしたり。普段の饒舌で気さくな様子が、その時だけは吹っ飛んでいた。

大友は立ち上がり、離れたデスクについている水口の許へ向かった。

「嶋田の家族なんですが、今どうしているんでしょう」

「別れた奥さんか？　どうかなあ」

水口が煙草に火を点けた。この署では、未だに分煙が徹底されていない。今の署長が喫煙者だから、という噂なのだが。

「奥さんと娘さん……別れたのは、もうずいぶん昔ですよね」

「二十年以上も前だろう？　奴が最初に服役している時に離婚したんだよな」

「ええ」

「いくら何でも、そんな昔の話は関係ないんじゃないか」

大友は、家族の話を出した時だけ、嶋田が動揺を見せた、と説明した。水口はぴんとこない様子で、首を捻るばかりだった。

「最近は、接触してないんでしょうか」

「どうかな……してないんじゃないかな」

曖昧な口調。そこまではチェックしていないのだな、と大友は悟った。それはそうだろう。水口の言う通りで、二十年以上前に別れた妻や娘のことを、未だに未練たっぷりに思っているというのは考えにくい。その後も嶋田は何度も服役して、家族のことなど考えている余裕もなかったはずだ。しかし……気になる。

「家族と連絡、取れないですかね」

「ちょっと待て」水口が、一番下の引き出しを開けて中を漁り始めた。綺麗に整理されたノートがびっしり詰まっているのが見える。色違いのシールが背中に貼られているのは、彼なりの整理方法だろう。実際、すぐに目当てのノートを見つけて引っ張り出した。デスクの上で開くと、細かい文字で書きこみがあるのが分かる。この世代——水口は五十歳だ——の人間は、デジタルよりも手書きの方を信用しているということか。いや、おそらくこのノートは、水口が何十年も前から大事に書き綴ってきたものなのだろう。それを全てパソコンに打ちこむとしたら大変な労力になるから、ずっとノートにボールペン、という方法を使い続けているのではないか。

水口はぱらぱらとページをめくって、探していた情報を引き出した。

「奥さんの連絡先なら分かるぞ。昔、先輩から聞いたんだ」

「そんなもの、一々記録していたんですか?」

「奴が二回目に逮捕された時だから……八五年か。当時俺のいた所轄で扱った事件なんだ」

「水口さんも嶋田を調べたんですか?」

「いや、俺は直接かかわってない。ついでで聞いた話をメモっていただけだ」

こういう細かい人もいるのだ、と大友は驚いた。メモ魔。この人の前では迂闊なことは言えないと思う。このノートには仕事関係の情報しかないだろうが、自宅の日記には、個人的な恨みつらみが延々と書かれているかもしれない。

「どうするつもりだ」ノートを大友に差し出しながら水口が訊ねる。

「ちょっと話を聴いてみようと思います」

「今からか？」水口が大袈裟に左腕を突き出し、腕時計を見た。

「電話なら、時間はかかりません」

「そうだな……相手が女性なら、お前が得意とするところだろう」

「そういうわけじゃないですけど……」よくそんな風に言われるのだが、自覚はなかった。相手が女性だろうが男性だろうが、変わりなく接しているつもりなのに。

「そう言えば、娘ってのはお前と同年代じゃないか？」

「そうですね……私の方が、一学年下だと思いますけど」

「だったら、娘の方が落としやすいか。いや、お前の魅力は、相手の年齢には関係ないかね」

からかいの言葉を頭に宿したまま、大友は自席に戻った。魅力と言われても……自覚がない話をされても、どうしようもない。

十五年ほども前のデータか。今もこの電話番号が生きているかどうかは分からないが、以前の電話番号と住所が分かっているのだから、追跡は不可能ではない――ただし、自分には時間がないことを意識しないといけない。既にタイムリミットまで四時間を切っているのだから。

受話器を取り上げようとした瞬間、胸ポケットの中で携帯電話が震える。慌てて取り出し、メールの着信を確認した。

その瞬間、大友の世界はバラ色になった――半分だけ。残り半分は、まだ灰色のままである。


午後四時。取調室で再度対峙した嶋田の様子は、何も変わっていなかった。昼過ぎからずっと留置場に戻され放置されていたのだから、何かあったのではないかと心配になりそうなものだが、依然として平然としている。その胆力、というか「慣れ」には驚かされる。

周囲に神経を配っている様子も変わらなかった。大友が正面に座るなり、「何かいいことでもありましたか」と切り出す。その顔に一瞬不安が過《よぎ》るのを、大友は見逃さなかった。何か新たな証拠でも見つかったのでは、と恐れているのだろう。

「個人的な問題です」

「そうですか」

話そうと決めていたのに、躊躇《ためら》う。

今まで大友は、取り調べの席で自分のことを話すのを避けてきた。たかが二十数年生きてきただけで、話すようなことが何もなかったせいもあるが、容疑者の前で自分を曝け出すのを恐れていた、というのも本音である。中には、相手と感情を共有しようと、積極的に自分のことを話す刑事もいる。家族に関する悩みや自慢だったり、同僚への愚痴だったりするのだが、大友の目には、いかにも古臭いやり方に見えた。今や二十一世紀である。そういう、情に訴えるやり方は、二十世紀終盤まで持たずに絶滅したのではないか、と思っていた。

だが今は違う。

この、状況のシンクロ……それに賭けてみる気になった。

「実は、ついさっき子どもが産まれました」

「ほう」

嶋田が、右目だけを見開く。関心を引いたようだと判断し、大友は静かな声で続けた。

「昨夜遅くに陣痛が始まって、ずいぶん長引きました」

「奥さん、初産ですか」

「ええ」

「だったら大変だったでしょうねえ」妙に感慨深そうに嶋田が感想を漏らした。

「とにかく、妻が無事でよかったです」

「ほう」嶋田が首を傾げる。「普通は、子どもさんの話を先にするものですけどね。奥さん、体が弱いとか？」

「とんでもない。体力には人一倍自信があるタイプです。そのうち、フルマラソンでも走りそうなんですよ」

「だったら心配することなんか、何もないでしょう」

「いや」大友は唇を舐めた。「妻のことは、常に心配しています」

「どうしてまた」

「学生時代からつき合っているんですけど、その頃、強盗事件の被害に遭いましてね。怪我したんです。私は何もできなかったので……その時の後悔が今でも残っています。そういう被害者が出るような世の中が嫌で、警察官になったんですよ」

「今時珍しく、純情な人ですね」呆れたように嶋田が肩をすくめる。「まあ……でも、おめでとうと言っておきますよ。子どもが産まれるのは、めでたいことだから。で、男の子？　女の子？」

「男の子です。事前に分かってたんですけどね」性別は事前には調べない方がいい、と言う先輩や友人もいた。こういうのはギャンブルと一緒で、「産まれてみないと分からない」が面白いんだから、と。

「これからが楽しみですね」

「あなたもですか」

口を開きかけた嶋田が、急に黙りこんだ。それで大友は、自分が急所を突いたことを確信した。

「お孫さんの誕生、おめでとうございます。初孫ですね」

嶋田が頬を膨らまし、ゆっくりと息を吐いた。目尻が下がったが、同時に目には悲しそうな色も宿っている。その理由は、大友には簡単に推測できた。今では、今日の嶋田の行動の理由が全て読めている。

「嶋田さん、あなたぐらい警察に慣れている人なら、今日の行動が滅茶苦茶だっていうことは分かりますよね。黙って座っていれば、夕方には処分保留で釈放されていたかもしれないのに」

「そうもいかないでしょう。警察というのは、あの手この手で攻めてくる。こちらは受ける一方ですから、弱い立場ですよ」

「今日も、別件逮捕の話が出てから態度が変わりましたよね」

「見抜かれていましたか」嶋田が穏やかな笑みを浮かべる。

「それぐらいは分かります……でも、その後、逃げ出そうとするとは思いませんでした。身柄を拘束されたままだと、お孫さんに会えなくなりますよね」

「いつ会えるか、分からなくなりますな。でも、あそこで疑問に思ったら、突っこむべきでしたよ。そこがあなたの弱点かもしれない。時には、嫌がらせのように揺さぶり続けることも大事ですよ」

それを容疑者に教わるとは……大友は思わず苦笑した。だが、潮目は変わりつつあると意識する。

「今日が娘さんの出産予定日だったそうですね」

「……ええ」

「逮捕されても否認し続けたのは、そのためだったんでしょう？　どうしても予定日までに釈放されて、初孫が産まれる瞬間を見届けたかったんですね」

「そういうことです」

「否認し続ければ、最初の勾留が終わった時点で釈放される可能性が高い、と読んでいたんですよね？　きちんと日数を計算していた」

「ええ」

「でも、今日になって私が別件逮捕の話を出したので、雲行きが怪しくなってきた。それで慌てて、逃げ出そうとしたんですね」

「恥ずかしながら、人間は自分の感情をコントロールできませんからね。どうしても……と思ったら、体が勝手に動いてしまいました。怪我した刑事さんには、悪いことをしました」さっと頭を下げる。

「一つ、聴かせて下さい」大友は、人差し指を立てた。「別れた奥さんや娘さんとは、ずっと連絡を取り合っていたんですか？」

「女房とは切れています。でも娘は結婚した時に、連絡をくれました。それで、二十何年ぶりかで娘に会って……娘は、私の過去のことを気にせず、今はこんな商売から足を洗ったと思っています。孫が産まれたら一番に会わせたいと……」

それは虫が良すぎる……過去のことではなく、嶋田は依然として犯罪に手を染めているのだから。

「初孫は嬉しいですよね」

「それはもちろんです。正直、娘が産まれた時よりも嬉しい。この年になって、こういう気持ちを味わうことになるとは、思ってもいませんでした」

「だったら、お孫さんにはちゃんと会いにいかないといけませんね……そのためにはまず、正直に話してもらわないと。娘さんにも、隠してはおけませんよ」

嶋田がぐっと口元を引き締めた。計算している、と大友は読み取った。ここで自供してしまったら、どれだけ拘束されるのか。恐喝の共犯ということになったら、過去の犯歴もあり、実刑になる可能性が高い。せっかく産まれた孫に、何年も会えなくなるし、父親を許した娘も、態度を一変させるかもしれない。それは彼にとって、何より怖いことだろう。

「何があっても、お孫さんには会えるように計らいますよ」

「それは駄目です」嶋田が急に蒼い顔になった。「留置場や刑務所での面会……そんなところに子どもを連れて来てはいけない」

「情操教育ですか」

「当然でしょう」憤然と言い放つ。「孫には、こんな世界は知らずに育って欲しい」

「それは無理です。汚い物に触れずに大きくなる……それではかえって、人間的には成長しないんじゃないですか。世の中には綺麗な物も汚い物もある。それを小さい頃から教えるのは、大事なことだと思います」

「あなたは、自分の息子さんに、そんなことを教えるつもりですか」

「私の背中を見ていれば、自然に学ぶと思います。私の仕事は、そういうものですから」

「そういう覚悟はあるんですね」嶋田の目が真剣になった。

「刑事の息子として産まれたんだから、覚悟してもらわないと困ります」

「優しい顔をして、案外厳しいんですね」嶋田の表情が緩んだ。

「そうかもしれません。でも、男の子なので、強く育って欲しいですから……ちなみに、あなたの初孫も男の子です。二千八百九十八グラム。母子共に元気だそうです」

「そうですか……」嶋田が腕組みをし、天井を仰いだ。一つ溜息を漏らし、改めて大友に視線を向ける。「まさか自分が、家族の話で気持ちを揺さぶられるとは思っていませんでしたよ。この年になってね……」

「何歳になっても、家族の問題は大事でしょう。そもそもあなたには、別れていても家族がいたんです。そういう人たちのために、きちんと話してくれませんか」

「参ったね……」嶋田が頭を掻いた。「まあ、今回は、あなたに免じてお話ししましょう。まさか、そんなところまで調べてくるとは思わなかった」

「それが仕事ですから。でも今は、もう少し子どもの話でもしましょうか。何しろ新米パパですから、分からないことばかりなんです」

「構いませんよ。もっとも私は、父親失格ですけどね」

「それでも、人生の先輩として」

嶋田がうなずく。その顔つきは、さらに緩んでいた。が、一瞬だけ表情を引き締めた。

「こういう手は、何度も使えませんよ」

「というと?」

「たまたま同じ日に子どもが産まれた……こんな偶然は滅多にありません。個人的な事情を取り調べの材料に使うには、限界があるということです」

「分かります。でも私は、今後も自分を曝け出すと思います」

「そうですか」嶋田がうなずく。「いい刑事になるには、大事なことかもしれませんね。ただしあなたは、まだまだ甘い。刑事として大事なことが何か、これから私が実地でお教えしましょう」

苦笑しながら大友はうなずいた。容疑者に刑事の心得を教わるとは……だがこれは、貴重な反面教師のようなものである。容疑者から見た理想の刑事像。それを知るのも悪くない。自分はこれから、成長を続けなければならないのだ。

何しろ、一人の子どもの人生に、責任を負うことになったのだから。

薄い傷

6月15日：優斗10か月。毎日確実に大きくなっているのが不思議な感じ。捜査一課に異動して、仕事が不規則になっているから、会う時間が少なくなったせいかもしれない。最近摑まり立ちし始めて、菜緒は「そろそろ歩き出しそうだ」と言う。その瞬間に立ち会えるかどうか。

今日は福原《ふくはら》一課長から直接、妙な仕事を指示された。これが刑事の仕事と言えるかどうか分からないが、警察とテレビの世界とは、変な感じでつながっているのだと分かる。『刑事に密着24時間』。たまにテレビでこの手の番組を観ることはあったが、まさか自分が登場人物になるとは思わなかった。テレビか……舞台とはまったく勝手が違うだろう。

「池さん、やりにくいんですけど」大友鉄は小声で文句を言った。事件現場に近い、世田谷区内の住宅街で、「聞き込み」の最中だった。

「余計なことは言うな。普通にしてろ」

ちょうど一回り年長のベテラン刑事、池内《いけうち》が、低い声で忠告する。何となく苛々する……暑さのせいもあった。梅雨入りした直後だというのに、今日の最高気温は三十度。湿度も高く、外回りには厳しい環境だ。それは我慢できるのだが、むしろ鬱陶しいのは、自分たちをずっと追い回しているテレビカメラの存在である。

何が「密着」かと思う。こっちは普通に仕事をしていて、ただそれを撮影するのだと思っていたのだが、何だかんだと注文が多いのだ。それも、意味が分からないことが……「足下を撮影したい」と言われた時には、何のことかと思った。要するに、「靴底をすり減らす刑事」のイメージカットで、背後から地面すれすれの角度で足運びを撮影したい、ということのようだった。そんなことなら、何も自分たちを映さなくてもいいのに。役者やADを使っても、視聴者には分からないだろう。だいたい、人に見せるような靴を履いていないので、恥ずかしくなる。

無線でのやり取りを再現させられた時にも困った。いかにも緊急連絡が入った様子で、緊張した表情で喋って下さい……これは、やらせではないか。仕方なくやってみると、「上手いですね」と褒められたが、どうにも釈然としない。学生時代に演劇をやっていた大友としては、舞台で演じることには慣れている。しかしテレビは、やはり舞台とは勝手が違うと思い知った。舞台は連続した流れだ。それに対してテレビは、ぶつ切りの場面をつないでいくので、完成品が想像しにくいせいもあるだろう。

「池さんは、こういう取材を受けたこと、あるんですか？」大友は小声で訊ねた。普段、二人で歩く時は一メートルほどの間隔を開けるのだが、今日は声を拾われたくないので、それこそ「密着」状態になっている。

「ないよ。でも話はいろいろ聞いてる。よくある取材なんだ。改編期にはお約束の企画だからな」池内が額の汗をハンカチで拭った。直射日光を遮るものが何もない、住宅街での聞き込みはきつい。大友の経験上、一番楽なのはアーケード街での聞き込みである。陽射しが直撃しないうえに、店から流れ出す冷気が、トンネルの中を少しだけ冷やしてくれる。

「何でこんな番組に協力しなくちゃいけないんですかね」一課長から直々指名されたとはいえ、納得できない仕事だった。

「そりゃあ、マスコミと良好な関係を保っておくためだよ……って、俺にそんなこと、聞くな。この件は広報課が主導でやってるんだから。俺たちはただの登場人物だ」

「はあ」

「気の抜けた声を出すな」池内が大友の背中を平手で叩いた。「こういうことだって、仕事は仕事だ。俺たちは普通に捜査して、連中はそれを撮影しているだけなんだから。変な演技をする必要はないからな」

「しませんよ」冷たい水が喉を通る感覚を恋しく思いながら、大友は答えた。

「お前、役者だろうが。カメラがあると、変に意識するんじゃないか？」

「しませんよ」ついむきになって繰り返してしまう。「役者って言っても舞台の方だし、それも素人劇団ですよ。だいたい、学生時代の話なんですから」

「まあまあ……」池内が疲れた声で言った。「とにかく、一々気にしないことだ。向こうも、変にカメラを意識されたら困るだろうし」

肩をすくめる池内をちらりと見て、この人は本当は嬉しいのではないか、と大友は訝《いぶか》った。基本的にこの番組で、自分たちの顔が映ることはない、と聞いてはいる。テレビで顔を晒してしまうと、その後の仕事にいろいろと不都合が生じるからだ。それでも池内は、テレビに映ることに心躍らせているのではないだろうか。家族と一緒にテレビを観て、「お、ここに出てるんだよ」「分かるわよ」と会話を交わす……多分、自分の妻の菜緒も同じような反応を示すだろう、と大友は予想した。もちろん、息子の優斗はまったく分からないだろうが。将来見せるために、録画だな。

結局自分も、ミーハーな部分を捨て切れていないのかもしれない。あるいは役者根性が抜け切れていないのか。目立たず、街に溶けこまなければならない刑事の習性に慣れたと思っていたのに、今でも舞台に立つ興奮は、心の奥底に残っているのかもしれない。スポットライトを浴びる快感というのは、間違いなくあるわけで……駄目だ、余計なことを考えていては。

この聞き込み自体は、仕込みでも演出でもない。世田谷南署管内で起きた強盗殺人事件の捜査の一環だ。深夜、帰宅途中の五十九歳のサラリーマンが襲われて現金を奪われた事件で、頭を強打された被害者は翌朝死亡した。住宅街での事件であり、目撃者は簡単に見つかると思われたのだが、発生から一週間が経った今も、有力な手がかりは得られていない。連日の暑さも相まって、大友は集中力を保つのに苦労していた。

最初に決めた順番で、池内がインタフォンを鳴らした。相手が反応してドアが開く前に、池内がハンカチで素早く顔を拭う。せめて汗だらけの顔は見せないように、という心がけだ。大友もそれに倣い、額の汗を拭き取る。ドアが開いて中年の女性が顔を見せた。池内が主導して聞き込みしている間、要点を手帳に書きこみ、時に質問を挟みこむ。重要な証言は得られなかったが、それでも自分が番組から離れて捜査に集中できているのは意識した。こういう聞き込みの時には、カメラも割りこんでこないから、自分の仕事に専念できる。

実際、聞き込みをしている時にはカメラの存在を忘れていた。ところが終わった途端に、十数メートル離れた場所にいるカメラを意識してしまう。カメラと照明、音声。それにディレクターとアナウンサーが一人ずついる。今聞き込みをした家では、池内が本題に入る前に、「取材でカメラが回っている」「顔は映さない、家の場所も特定できないようにする」と説明していたが、やはりどこかぎこちない聞き込みになってしまった。

それはそうだろう。カメラの存在を意識すれば、どうしても互いに着飾った言葉になってしまう。声を拾うわけではないのだが。

聞き込みを終えると、ディレクター――よれよれのポロシャツにダメージの入ったチノパンツの若い男――が、大友たちと入れ替わりに家のドアを開け、もう一度事情を説明した。

「何だかなあ」苦笑いしながら、池内が首の後ろをハンカチで拭う。大友は、宝の山を見逃しているのではないか、と心配になった。「撮影している」と言われれば、たとえ顔が出ないと分かっていても、聞き込みを受けている方も緊張する。舞い上がって、肝心の情報を話すのを忘れてしまうかもしれない。

ディレクターが駆け戻って来たのを見て、池内が「昼飯にしようか」と声をかけた。腕時計を見ると、既に午後一時になっている。完全に調子が狂ってしまったな、と大友は思った。捜査一課でコンビを組んでいる池内は、今年四十歳。やけに時間に正確で、一緒に外回りをしている時の昼飯はいつも十一時五十分から、と決まっていた。東京の多くの街でランチタイムが始まる十分前、待たずに食べられるぎりぎりの時間にこだわっているのかと思ったら、実は胃潰瘍の持病があるのだという。不規則な食生活は胃には負担になるから、昼は必ず十二時頃に食べなければならないのだと、胃の辺りを擦りながら説明したものである。それが今日は、一時間遅れ。こまごまとした撮影の注文に応えているうちに、ペースがすっかり乱れてしまった。胃潰瘍が悪化しないといいのだが、と大友は密かに心配した。

大人数なので、近くのファミリーレストランに向かう。サラリーマンのランチタイムは終わっていたが、店内はまだ混み合っていた。大友の経験上、これからは主婦たちがお茶をする時間になる。仕方なく二つのテーブルに分かれたが、池内は腰を下ろすなり、「あれだけ撮って、実際に流すのは十秒ぐらいだろう？」と突っこんで、隣のテーブルのディレクターを苦笑させた。

「実際そうですけどね」大友の前に座ったアナウンサーの塚原《つかはら》千鶴《ちづる》も笑いながら言った。

「編集で」大友は応じた。

「いい絵は、なかなか撮れないんです。他の場面との兼ね合いで、どうしても入れられない時もありますから」

「分かります」

うなずき、大友は一瞬だけ千鶴を凝視した。

いわゆる「女子アナ」と呼ばれる人種を生で見るのは初めてだった。テレビをあまり見ない大友にとっては、見知った顔でもない。二十七歳、今年で入社五年目というデータは、この取材が始まってから調べて知った。社会人としてのキャリアは自分とほとんど変わらないのだが、彼女の方が世慣れた感じもするし、やはり住む世界が違う、と度々意識させられる。何と言うか……綺麗な女性会社員の華やかさを、マックスまで押し上げた感じだろうか。女優とは違う。芝居の経験があるから、大友には女優の知り合い——昔の劇団仲間だ——もいる。彼女たちとは今でもたまに会うことがあるが、たとえほとんど化粧をしていなくても、近寄り難いオーラを発しているものだ。千鶴の華やかさは、何というか……作ったような、事務的な感じがした。

まあ、もちろんこういう雰囲気こそ「女子アナの仕事用」なのだろうが。

それにしても、彼女も一日撮影につきっきりでは大変だ、と思う。しかも何度も。この番組のナビゲーター役をするそうで、そのために現場に顔を出しておかなくてはいけないというのだが、これだけ陽射しが強い中、日傘もなしで歩き回るのは骨が折れるだろう。まったく日焼けしていないのは、よほど強力な日焼け止めを使っているからか。毎日のようにテレビに映る人が、急に日焼けして現れたら、驚く人も多いだろう。結構気を遣う商売だな、とかすかに同情した。

「大友さん、お芝居をやってたんですって？」人懐っこい笑顔を浮かべ、千鶴が話しかけてきた。

「昔の——学生時代の話ですよ」今やそういう経験は、急速に過去のものになりつつあった。

「どうしてそっちを続けなかったんですか」

「は？」

「大友さんのルックスだったら、十分通用しそうですけど」

「どうしても警察の仕事がしたかっただけです」

「もしかしたら、奥さんの意向ですか」

彼女の視線が、自分の左手薬指に向いているのを、大友は意識した。この結婚指輪も、もう五年目。細かい傷が目立つようになった。

「まあ……あくまで僕個人の考えです」

「女性としたら、浮き沈みが激しい役者の世界よりも、安定した公務員の方が魅力的なんじゃないですか」

「そういうあなたはどうなんですか」

「役者さんみたいに大変じゃないかもしれないですけど、普通のサラリーマンというわけでもないですから……結婚に関しては、安定志向はないと思いますよ」

大友は、彼女も結婚指輪をしていることに気づいていた。結婚しているのか……自分はこの手の情報に疎い。今は、女子アナが結婚するだけでニュースになる時代だ。帰ったら、妻の菜緒に聞いてみよう。彼女は専業主婦の特権で、細かい芸能ニュースもチェックしている。最近は、十か月になる息子の世話で、てんてこ舞いの毎日ではあるが。

「そうですか？　結婚されてますよね？」

「ええ。共働きだと、お互いにどんな仕事をしていても、関係ないかもしれませんけどね。相手の邪魔をしないようにするのが一番大事なので」

「邪魔、ですか」少し乱暴な言い方だな、と思った。

「相手のペースに合わせ過ぎると、それだけで疲れちゃうんですよ。一緒に夕飯を食べるだけでも、時間を合わせるのに一苦労しますから。毎晩、十時とか十一時に夕飯というわけにもいかないでしょう」

「うちはそういうことはないですね。妻は専業主婦ですから」

「それ、羨ましいですね」千鶴がふんわりと笑った。どちらかというとシャープな顔つきなのだが、営業用でないらしい笑顔は柔らかく優しげだった。「私も、奥さんを貰えばよかったかもしれませんね」

「そんなに忙しいですか」

「貧乏暇なしです」

本当に、という疑問を大友は呑みこんだ。女子アナといえば相当な高給取りのイメージがあるのだが……最近はテレビ局も、引き締めを図っているのだろうか。

「確かに大変そうですよね。普通の番組もやって、こういう特番にも出て」

「そうです。毎日追われてる感じです」千鶴がうなずいた。

「分かります」自分も似たようなものである。暇な時——待機中の時は普通の公務員のように決まりきった日々が続くが、ひとたび事件が起きれば、何日も帰宅できない。だが、家に帰れば菜緒と優斗の笑顔が迎えてくれるのだから、それで十分だった。

「大友さん、お子さんは？」

「ああ、今十か月です。去年生まれたばかりで――」大友は携帯電話を取り出した。親バカと言われるのは承知で、待ち受け画面は優斗を抱いた菜緒にしてある。自分にとって、この世で何よりも大事な二人。

「テツ」突然、池内が隣のテーブルから忠告を飛ばした。

「ああ、すみません」大友は間抜けな声を上げて、携帯を畳んだ。この取材では、プライベートな会話は禁止――広報課からも厳しく言い渡されている。あくまで公務の現場を取材させるだけだから、私的な事情を話してはいけない。そういうことが漏れると、後で何かと煩わしいから、ということらしい。何が「煩わしい」のか、大友には想像もできなかった。

「すみません、何か、上がいろいろと煩いもので」

大友は声を潜めて言った。千鶴が拳を口に押し当て、笑みを噛み殺す。

「塚原さんは？　ご主人は何をしてる人なんですか」

「あー、社内結婚です」

「なるほど」

「ドラマのディレクターなんです」

「じゃあ、演出とか」

「そうですね。ある意味、『これぞテレビの人』っていう感じですよ」

「塚原さんは基本的に報道ですよね。同じ社内でも接点があったんですか？」

「私、一度ドラマに出たことがあるんです」千鶴が真顔で言った。

「そうなんですか？」

「それこそアナウンサー役で。入社して一年目だったんですけど、ニュース番組で事件を読み上げる役でした。『狼の日』って、覚えてません？」

「いや……あまりテレビは観ないもので」彼女が新入社員だった頃というと、もう何年も前だ。大友は警察官になったばかりで、すっかりテレビと縁遠くなった時期である。

「最終回の視聴率、二十五パーセントだったんですよ」千鶴が目を見開く。まるで、そのドラマを知っているのが日本人の常識だ、とでも言いたげに。

「すみませんねえ。結構忙しい毎日なもので……そのドラマがきっかけで結婚されたんですか」

「ええ。テレビの世界なんて、案外出会いがないものですから」

「チャンスがあったらすぐに摑まえておけ、と」

千鶴が苦笑した。本当は、そんな実利的な話ではなかったのかもしれない。普通の恋愛、普通の結婚——そうであっても、おかしくはない。

その後は当たり障りのない会話を交わしながら食事を終えた。広報課の判断で、この企画で食事をしたりした場合は、必ず割り勘、ということになっている。先にレジに向かった千鶴の背中を見送りながら、大友はふと違和感を覚えた。

千鶴はかすかに、右足を引きずっている。怪我でもしているのだろうか。だとしたら、長時間外を歩き回る撮影は相当きついはずだが——大友たちは、「万歩」どころか「二万歩」を一日で歩くことも珍しくない——彼女はまったく弱音を吐かなかった。もしかしたら元々足が悪く、大友には不自然に見える歩き方も、彼女にとっては普通なのかもしれないが。

「どうした」財布を尻ポケットから引き抜きながら池内が訊ねた。

「いや、塚原さん、足を怪我してるんじゃないですかね。ちょっと引きずってるみたいです」

「そうか？　俺は分からなかったけどな。でも、そうだとしたらいい根性じゃないか。あっちが痛い、こっちが痛いって文句ばっかり言って動かない奴も多いからな」

「僕のことですか？」

「そんなこと、言ってないだろうが」池内が大友の肩を小突いた。「お前さんはよくやってるよ。本領を発揮するのは、これからだろうが」

僕の本領。自分でもまだ摑み切れていない——池内は既に気づいているのだろうか、と訝った。

ドアを開けるだけでも気を遣う。乳幼児がいると、こんなにも神経質になるのだと、大友は改めて思い知っていた。既に午後十時半。夜の捜査会議は九時過ぎに終わっていたのだが、世田谷南署から練馬にある自宅までは遠い。

菜緒が出してくれた濡れタオルで顔を拭いながら、寝室のドアを開ける。優斗はベビーベッドで静かに眠っていた。丸々と柔らかい顔が、灯りを受けて白く輝いている。今日もひどく疲れたが、その顔を見ただけでほっとして気持ちが楽になった。

「ご飯は？」

「まだ食べてないんだ。何か、あるかな」

「この時間だと軽い物がいいわよね」

「そうだね」昼飯も普段より少しだけ遅かったのだ、と思い出す。特捜本部に入ると、生活のリズムは滅茶苦茶になってしまう。それで健康を害する人間も少なくない。一番近くにいる池内が一番いい例だ。胃を悪くした刑事も多いし、退職後、長生きできないと言われるゆえんである。

菜緒が、野菜の煮物と海老しんじょを出してくれた。

「ずいぶん凝った料理を作ったんだね」海老しんじょは冷めていたが、菜緒が天つゆのようなつけ汁を暖めてくれたので、それにたっぷり浸して食べる。

「何か、こういうのって、急に食べたくなるのよ」

「無理してない？」育児で手一杯の状態で、凝った料理を作れば、それだけ負担が大きくなる。

「大変だけど、料理ぐらいは美味しい物を食べたいから。これがストレス解消にもなるのよ」

「たくさん食べてる割には、すぐに体型が元に戻ったよね」

ダイニングテーブルの向こうで菜緒がにこりと笑う。出産直後は「十キロ太った」と嘆いていたのだが、いつの間にか、妊娠前のスリムな体型を取り戻していた。本人は明かさないが、育児と家事をこなしながら、かなりハードなトレーニングをこなしたらしい。もしかしたら、産後ダイエットの本が書けるのでは、と大友は妄想していた。

「それで？　女子アナさんはどうだった？」菜緒が両手で顎を支えながら、嬉しそうに聞いてきた。

「どうって……テレビの中の人だからね。何だか現実味がなかった」

「もうちょっと面白い反応はないの？」

「そう言われても」箸を使いながら、大友は肩をすくめた。「だいたい、ほとんど見たことも無い人だから」

今もテレビを見る暇はあまりない。実際、いつも欠かさず見るのはＮＨＫのニュースぐらいなのだ。

「何か話した？」

「あー、家族の話とか。結婚してるんだね」

「珍しいタイプかも」

「そう？」

「よく、女子アナ三十歳定年説って言うでしょう？」

「それは聞いたことがある」

「変な感じだけど、三十歳までは頑張って一線で働いて、結婚するならその後、みたいな人が多いようね」

「何だか失礼な話だよね。今の三十歳なんて、昔に比べれば全然若いのに。それに彼女、まだ二十七歳だよ」

「まあ、それはともかくとして……彼女が貴重な例外であることに間違いはないわ」

「結婚して、しかもまだ第一線で活躍している……でも、あまり生活感はなかったなあ。ご主人と一緒に夕食を食べるだけでも大変だって言ってたよ」

「共働きで、向こうもテレビ局の人なんでしょう？　それはお互い忙しいわよ」

どこでその話を知った？　大友は右の眉だけを上げ、無言で問いかけた。菜緒が肩をすくめ、「あなたが会うって言ったから、ネットで調べてみたの」と白状する。

「私生活の話までネットで拾えるのは、あまりいい感じじゃないな」

「でも、そういう時代だから」

「そうか……でも、根性はある人だね。足を怪我してるのに、一日僕たちにつき合って歩き回っていたんだから」

「怪我？」

「右足を引きずっていた」

「だったら変な怪我ね」

「どうして？」

「よく怪我するところって、足首とかでしょう？　それだと、いくら軽傷でも、あなたたちのペースに合わせて歩き回るのは無理よ」

「治りかけとか」

「どうかなあ」

菜緒が腕組みをした。学生時代に様々なスポーツを経験した菜緒は、怪我には詳しい。彼女自身も、度重なる怪我に相当悩まされたのだ——という事情を知ったのは、つき合うようになってからである。大学一年生の夏、同じフランス語の講義を取っていたのだが、足首を怪我して松葉杖をついていた菜緒に、「荷物を持とうか」と声をかけたのが最初だった……懐かしい想い出に、つい頬が緩んでしまう。

「とにかく、足の怪我は意外に大変だから。普通に仕事ができなくなることもあるわよ。それを我慢して普通に歩き回っていたとしたら、本当にすごい根性だけど」菜緒が真剣な表情で言った。

うなずきながら、大友はかすかな違和感を覚えていた。プロらしいのは認めるが、何となくそれだけではないような気がしてならなかった。


「頭撮り」という言葉を、大友は初めて知った。会議などの取材で、実際の会議の様子は撮影させないが、冒頭、関係者が着席したタイミングでカメラが入る。時間にして三十秒から一分ほど。カメラが出た時点で、本格的な会議が始まる、というものだ。いつもテレビのニュースで流される閣議の様子はだいたいそうなのだという——と、大友は千鶴から聞いた。

しかし、頭撮りであっても、特捜本部にカメラが入るのは前代未聞ではないだろうか。広報課からは、事前にお達しがあった。撮影中、私語は一切禁止。ぴしりと背筋を伸ばして、ただ捜査一課長の話を聞くこと。

要するにやらせだ。

その一課長――福原にしてもどこかやりにくそうだな、と大友は同情した。普段の福原は、面倒くさい前置きを飛ばして、いきなり本題に入る。しかし今日は、撮影向けに「当たり障りのない話」をしなければならないのだ。しかし、当たり障りがないだけではまずい……テレビの連中は、課員や署員に気合いを入れる場面を欲しがっているのだ。

福原は顔をしかめ、思い切り咳払いをした。それがあまりにもわざとらしかったので、大友はうつむいて笑いを堪えた。ちらりと振り返ると、部屋の後ろの壁に背中を預けて立っている千鶴が苦笑いしているのが見えた。自分たちが考えた演出をわざとらしいと思っているなら、こんなことはしなければいいのだが……テレビは「絵」がないとどうにもならないということだろう。

「ご苦労さん」福原は無難な挨拶で切り出した。「暑い中、連日の奮闘に感謝する。しかしここはもう一度気合いを入れて、被害者と被害者家族のために頑張って欲しい。捜査は着実に進展しているから、今までの捜査方針を変えずに、真っ直ぐ突き進むことが肝要だ……」

福原が、ちらちらとカメラを気にしているのが分かる。さっさと終えろ、と言いたそうだったが、さすがにそういう注文はつけられないようだった。やがて、ディレクター――今日はジャケットにネクタイ姿だ――が右手を挙げて、「ＯＫ」の合図を出した。照明が消え、室内の明るさが通常に戻る。クルーが出て行くまで、福原は唇を閉じたまま、手持ち無沙汰に手元の書類を弄《いじ》っていた。ドアが閉まると、ようやくほっとした表情を浮かべ、「今から本番だ」と告げる。刑事たちが揃って小さく笑い、すぐに日常が戻ってきた。

今の様子で、「使える」絵になるのだろうか……大友の経験から言って、芝居は「生」で、観客が見ているものだけが「現実」になる。映像の世界に生の現実がないことを、改めて意識した。

「さて、外向けの話は終わりだ。ここから気持ちを切り替えて頼む」

福原の表情が一気に引き締まる。実際今日の捜査会議は、極めて重要なポイントになっているのだ。強盗殺人事件の犯人の目処がつき、周辺調査も終わろうとしている。いよいよ逮捕へ、という節目の捜査会議なので、一課長がわざわざ顔を出したということもある。普段の捜査会議は、一課の管理官と係長、所轄の刑事課長がリードして行うものだ。

「これまでの捜査で、容疑者は世田谷区在住、小峰護《こみねまもる》、二十四歳、無職と断定できた。本会議終了後、直ちに逮捕に向かう」

おう、と一斉に声が上がる。気合の入った鬨《とき》の声だが、同時に少しほっとした雰囲気も感じられた。通り魔に近いような強盗殺人、それが発生から二週間で逮捕となれば、順調な捜査だったと言っていい。実際には、最初の一週間はほとんど手がかりもなく、焦燥感があったのだが……きっかけは目撃者の確保だった。徹底した聞き込みの結果、現場付近から逃げ去る男を見たという人が複数見つかり、その輪がつながって、近所に住む小峰が容疑者として浮上したのだった。大友も小峰の名前を聞いた一人だったが、自宅近くでこんな事件を起こしたということは、考えが足りない犯人だ、と情けなく思っていた。事件を起こすなら、せめて地元を離れようと考えるものじゃないか……。

「現在も、小峰には監視をつけている。基本的にまったく働いていないようで、両親と住む自宅に籠っているようだ。今のところ、家を出たという連絡は入っていない」

小峰には余罪もありそうだった。大学を卒業した後も就職せず――実際には就職に失敗したようだ――ぶらぶらしている。アルバイトさえしていない。しかしこの半年ほど、妙に金回りが良くなっているのだ。事実、友人たちに気前よく酒を奢ったり、オートバイを現金で購入したりしている。今回、殺された被害者が奪われたのは、財布に入っていた現金約五万円。しかしこれ以外に、現場近くでは路上強盗事件が頻繁に発生して、所轄が警戒していた――最悪の事態が発生してしまったのだから、所轄の仕事ぶりは後で問題になるだろう。

「小峰は既に、こちらの動きに勘づいている可能性があるので、可及的速やかに逮捕したい。現場は五名。自己判断で素早く動いて欲しい。他の者は周辺でバックアップだ」

大友は、自分の名前が呼び上げられるのを聞いた。聞き込みで小峰の名前を割り出し

ころだ。

意識が強く、むしろ逮捕後の取り調べを任せて欲しかった。それなら一番得意とすると

るからだ。もっとも大友自身は、逮捕劇にはそれほど興味がない。荒事は苦手だという

た手柄を考慮されたのだろう、と考える。逮捕に参加したことは、後々表彰の対象にな

捜査会議はすぐに切り上げられた。すぐに出かけなければならないが、大友は福原と話をしておくことにした。何としても小峰の取り調べを任せて欲しい、とプッシュするのだ——普通、平の刑事が一課長と話す機会などあまりないのだが、福原はやけにフランクなところがある。話をしようと近寄って来る刑事を、無下に排除するようなことはなかった。特に大友は気に入られている。

理由は分かっていた。捜査一課に来て一月も経たない時のことだったが……昼日中に赤坂で発砲事件が起き、大友たちもすぐに臨場した。悪いことに犯人はそのままビルの一室に立てこもってしまったのだが、たまたま一番近くにいた大友が説得に当たり、十分もしないで犯人を投降させることに成功したのである。福原はその様子を、間近で見ていた。後で、本来は立てこもり事件などを担当する特殊班が「面子を潰された」と騒いだらしいが、福原は上機嫌で、その後は何くれとなく声をかけてくる。年齢も階級も離れているが、妙に気が合う感じでもあった。

「課長……」

「おう」近づいて行くと、福原が嬉しそうに顔を上げた。「現場、頼むぞ」

「はい。その後なんですが――」

「取り調べもお前に任せた」

先に指示され、大友は一瞬気が抜けた。しかしすぐに、表情を引き締めてうなずく。

「それをお願いしようと思っていました」

「分かってる」福原が大友の肩を叩いた。「これが、特捜事件では初めての取り調べ担当になるな？」

「はい」

「よし、気合いを入れて落としてみろ。だいたいお前は、ドンパチよりもそっちの方が合ってるんだから」

「そう思います」

「結構だな。優男《やさおとこ》には、アクションシーンは似合わない」福原が声を上げて笑う。それから右腕を曲げ、二の腕を左の掌で二度、叩いた。「お前の取り調べを見せてもらおう。期待してる」

「頑張ります……それより、課長？」

「何だ？」管理官と係長に挟まれて歩き出した福原が立ち止まる。

「逮捕の現場に、例のテレビも立ち合わせると聞いていますが」

「その予定だ」

あっさり認めたが、福原の顔に一瞬渋い表情が浮かんだのを大友は見逃さなかった。福原本人も、この取材を広報課から押しつけられた余計な仕事、と見ているのだろう。それはそうだ。本当はマスコミの取材など一切排除して、自分たちのペースで捜査を進めたいと思っているはずだ。だいたい、いくら番組のためとはいえ、犯人逮捕の情報を事前に流してどうする。こういうことをしていると、他のテレビ局などが文句を言うのではないだろうか。あるいは今後、タイミングさえ合えばこういうのも普通になるかもしれない。警察密着番組は各局で作っているが、その都度逮捕の場面を撮影させる、とか。これまでも、薬物関係や違法滞在の外国人を摘発し、家宅捜索をかける場面などは放映されていた。しかし、殺人事件となると話が――格が違うのだ。

もっとも、それほど頻繁に殺人事件が起きるわけでもない。日本はやはり、安全な国と言える。このところ、殺人事件の被害者数は、年間六百人台で推移している。もちろん、東京は人口が多い分、被害者の数も多いが、同じ人口規模の世界の都市と比べればはるかに安全だ。

「大丈夫でしょうか……一課の事件の逮捕現場にマスコミを入れるなんて、聞いたことがありません」

「まあな。だいたいこういうのは、保安関係か交通部と決まってるんだよな」福原は相変わらず渋い表情だった。

「いいんですかね」

「心配するな。後から映像もチェックすることにしている。問題があれば、NGにするから」

「そう、ですか」しかしテレビ局側も、この件にはこだわりを持っているはずだ。取材に入ると同時に、たまたま今回の強盗殺人事件が起きたのだが、逮捕の瞬間までの映像が揃えば、かなりのインパクトを持つ番組が完成するだろう。ただ大友は、一課のやり方を世間にアピールするのがいいことかどうか、判断できなかった。何となく、犯罪者側にこちらの手の内を見せてしまう感じがする……まあ、それは僕が心配することではないだろう、と思い直す。上層部がしっかり判断すればいいことだ。

「とにかくしっかりやってくれ。お前があれこれ気を揉む必要はないから」

「分かりました」

大したことにはならないだろう、と大友は自分を安心させようとした。逮捕時に抵抗する犯人など、実際にはほとんどいない。大抵は、「連行する」と告げられると大人しくなって出て来るものだ。テレビの絵的には面白くないかもしれないが、それが現実なのである。

事実は小説より奇なり、とよく言うが、九十九パーセントの事実は、小説よりもまったく面白くない。

だが今回、逮捕の現場は少しだけ荒れた。

小峰の親はまったく事情を知らず――母親だけが在宅していた――捜査陣の説明に納得せずに揉めている間に、小峰本人が裏口から逃げ出してしまったのである。念のため、裏口にも二人を配していたのだが、振り切られた。そのまま住宅街での追跡劇が始まり、大友は冷や汗をかきながら小峰を追いかけた。自宅を監視までしておきながら逃げられたとなったら、大失態である。

開きかけた穴が大きくなるのを防いだのは、大友の同期の女性刑事、高畑敦美《たかはたあつみ》だった。大柄で、運動神経抜群の彼女――菜緒のパワーアップ版という感じだ――は、抜群のスピードを見せて追跡の先頭に立ったのだ。結局、容疑者の自宅から百メートルほど離れた小学校の前で追いついて、あっさり制圧。学生時代に女子ラグビーで活躍したという走力と腕力を存分に発揮した結果だった。

大友が追いついた時には、小峰の手には既に手錠がはめられていた。これは福原に、「出遅れたのか」と雷を落とされるかもしれない……大友はちらりと周囲を見回した。追いついて来たカメラクルーが、小峰を抑えつけた敦美の姿を捉えている。これはカメラ映えする場面だな、と大友は思った。敦美は大柄だが、顔つきは可愛い。いわゆる

「絵になりやすい」顔立ちなのだ。しかし広報課は、彼女の顔にモザイクをかけさせるだろう。やはり刑事は、あまり顔が表に出ない方がいいのだ。

「お疲れ」他の刑事に小峰を引き渡した敦美に声をかけた。

「もう、しっかりしてよ。何で逃げられてるの？」敦美が顔をしかめる。両手を叩き合わせて汚れを落とし、ジャケットをざっと見下ろしてまた表情を歪めた。取り押さえた時に、ボタンが一つ取れてしまったらしい。

「探そうか？」

「いいわよ。そんなことをするために、道路に這いつくばるのはみっともないから」

「申し訳ない。僕らが先に追いつくべきだった」

「そうよ……でも、足の速さだったら、テツには負けないからね」敦美がようやく笑みを浮かべる。

「面目ない」

「あんたみたいな優男には、こういう現場は似合わないわよ」

「それは分かってる」

「お疲れ様でした」

振り向くと、千鶴が満面の笑みを浮かべて近寄って来た。大友は敦美と顔を見合わせ、この場を彼女に任せることにした。

「怪我しませんでしたか？」千鶴が本気で心配している口調で訊ねる。

「大丈夫ですよ」軽い口調で敦美が答える。

「凄いですね、あんな風に取り押さえるなんて」

「一応、訓練を受けてますから」

「それでも凄いです」千鶴は心底感心した様子で繰り返した。「あの、今のところと別に、インタビューさせてもらうことはできませんか？」

「遠慮します」にこやかな笑みを浮かべたまま、敦美があっさりと断った。

「でも、女性が一線で活躍している場面も紹介したいんですよ。視聴者の共感を呼びますから」

「あー、その件はマネージャーと相談して下さい」

「マネージャー？」千鶴が首を傾げる。

「大友鉄」敦美が大友の背中を平手で叩く。「私に話を聞きたいんだったら、まず彼に相談して下さい。彼のＯＫが出たら考えますから……じゃあ、テツ、後はよろしくね」

「おいおい――」

敦美が、ひらひらと手を振りながら去って行った。千鶴が困ったように眉をひそめ、大友の顔を見る。

「本当に大友さんが調整するんですか？」

「冗談に決まってるじゃないですか」大友は両手を広げた。「僕には、誰が取材に応じるか決める権利はない。本当にインタビューしたいなら、広報課に正式に申しこむべきですよ。でも、高畑は応じないと思うけど。処分を受けることになっても、拒否すると思います」

「どうしてですか?」

「表に出たがるタイプじゃないから」

「でも、女性が出た方が、視聴者は喜ぶんですけどね」

「テレビに映るのは、あなたのような専門家に任せておいた方がいいんじゃないですか」

「そうですか……一応、広報課には聞いてみますけど」

「期待はしない方がいいですよ」

千鶴は、心底がっかりした表情を浮かべた。少し口添えしてやるべきだったかもしれないと思ったが、余計なことを言うと、今度は敦美の反発を食らう。彼女を敵に回すことだけは避けたかった。

「じゃ、すみません……もう一度取材がありますけど」

「ああ」大友は急に気分が暗くなった。もう一回の取材——それは、大友へのインタビューだった。「現場の刑事に意気込みを聞く」という狙いで、福原が強烈にプッシュして大友が出ることになった。まったく、面倒な話である。これなら、敦美に代わりに出てもらう方がいいかもしれない……しかし、説得する手間を考えると、やはり自分で何とかするしかない、と思ってしまう。

千鶴はすぐにカメラクルーのところへ戻って行った。何の気なしに背中を見送っていたのだが、大友はまた強い違和感を覚えた。

また足を引きずっている。しかも、前回よりもひどく。

インタビューは三日後、小峰に対する取り調べの間を縫って行われた。しかも警察署の近くを歩きながら、という演出が入った。座って話をするよりも、その方が刑事のイメージに合うから、ということだった。大友は極度に緊張していたが、途中から「これは舞台なのだ」と考えを切り替えることにした。演技だと思えば、堂々と話せる。昔の感覚を思い出せばいいのだ。

独り語りのイメージで撮りたいのだ、とディレクターには指示されていた。歩きながら、独り言のように刑事としての目標を語る。時々、千鶴が合いの手を入れるだけだった。この辺はさすがにプロだと思う。こちらが言葉に詰まりかけると適当に補い、喋りやすい質問を投げかけてくれる。

果たして上手くいったのかどうか……自分ではすぐには判断できないのが困る。たぶんオンエアを見たら、「こんなことは言っていなかったはずだ」とびっくりすることになるだろう。

それでもディレクターがOKを出し、ほっと一息つく。

「お疲れ様でした」千鶴が明るい声で言った。

「どうも」一つ息を吐く。「こういうのは、やっぱり苦手です」

「そうですか？　なかなか情感がこもってましたよ。いかにも刑事っていう感じで」

「まさか」本当に演技になってしまったのだろうか、と不安になる。

「刑事っぽさ」に王道はない。それこそ全国には何万人も「刑事」がいて、それぞれに個性があるのだ。「目つきが悪い」とか「常に何かを疑っている様子」だとか、世間一般の人が刑事に対して抱くイメージとはまったく異なる人間も少なくない。そもそも大友自身がそういう感じだ。自分でも刑事らしくないと思うし、先輩たちからはよく「優男」とからかわれる。それが「刑事らしい」というのは、自分らしくない、不自然な感じになっていたのではないか。

「さりげない正義感が滲み出てました」

「そういう風に言われると照れますね」

大友は振り返り、後ろからついて来ていた広報課員に視線を送った。問題なし、の合図にうなずく。直接コメント取材を受けるような場面だと、広報課員が同行するのが決まりになっているのだ。捜査に差し障りのあるコメントが出ないように警戒すると同時に、取材する側とされる側が不自然に接近しないように見守る目的もある。

それにしても、今日も暑い……汗が滲んだ横顔を撮影されたと思うと少しだけ嫌な気分になったが、これが実態なのだから仕方がないだろう。ディレクターが差し出してくれたミネラルウォーターのペットボトルを遠慮せずに受け取ると、すぐに喉に流しこんだ。一息ついて、街路樹が木陰を作っているところまで歩いていく。凶暴な陽射しが遮られるとほっとして、ガードレールに腰を預けた。ちょっと休憩していこう。特捜本部に戻って小峰の取り調べをやらなければならないが、気持ちを落ち着かせ、日常に戻るための時間が必要だった。左手にペットボトルを持ち、右手で顔を扇ぐ。ほとんど風など起きないが、気休めにはなった。水をもう一口。

「今回は、刑事さんの大変さがよく分かりました」千鶴が心底納得したように言った。

「本当は、こんなものじゃないですけどね」

「でも、そういうところは取材できないんでしょう？」

「そう思います」広報課員に目をやった。今の会話を聞いていた課員は、苦笑しながら首を縦に振った。犯人逮捕の瞬間を撮影したとはいえ、この取材は本当に表面をなぞっただけである。ただし、強盗殺人事件の発生から解決までを上手く追いかけたので、視聴者からすれば、それなりに迫力ある番組になるだろう。

「でも、いい番組になると思います。私も勉強になりました」

「それはよかった」

大友は、自分の正面に立つ千鶴に向かって微笑みかけた。ガードレールに腰かけているので、顔の高さがだいたい同じになっている。その瞬間に、彼女の化粧が普段よりも少し濃いことに気づいた。女性はいろいろ大変だ……と思いながら、さらに違和感を覚える。

化粧が厚過ぎる。一番身近にいる女性——菜緒はほとんど化粧をしないか、しても極めて薄化粧なので、大友は化粧が濃い女性がいるとすぐに気づく。適当に話をしながら、大友はちらちらと彼女の顔を観察した。ほどなく、どうして彼女が化粧を厚くしたか、分かった。

怪我している。

右の頰が少し腫れ、痣《あざ》になっているのだ。それほど大きくはないが、化粧していなかったらかなり目立つだろう。

人は、簡単には顔を怪我しない。少なくとも事故では。

誰かに殴られたのだ、と直感する。さらに、その相手は彼女の夫では、と想像した。普通の会社員は——彼女の場合は少し特殊ではあるが——暴力沙汰に巻きこまれることなど、まずない。考えられるのはアルコールが入った席だが、千鶴のように人に見られるのが仕事の人間は、徹底してトラブルを避けるはずだ。危険な場所には近づかず、どうしてもという時には、必ず信頼できる誰かと一緒に行く。

そういう人が怪我をする場所は、家庭しか考えられない。

そう言えば彼女は、足も引きずっていた。あれも、夫からの暴力なのではないか。

家庭内の出来事であっても、暴力沙汰なら事件になり得る。彼女の場合、顔と名前を知られている立場だから、表沙汰にしたくないかもしれないが、時としてこういう案件は手遅れになってしまうものだ。急に怒りがこみ上げてきたが、他の人間もいる場所では話ができない。だが、ここで話さなければ、彼女はさらに深刻なトラブルに巻きこまれる可能性もある。

ガードレールから腰を離し、思い切って彼女の腕に軽く触れた。

「ちょっといいですか」

千鶴はきょとんとして、状況を摑み切れない様子だった。大友は彼女の腕を摑んだまま、広報課員に視線を送り、「大した話じゃない」と無言で伝えた。意図が伝わったかどうかは分からないが、彼は何も言わなかった。

世田谷南署に近い住宅街は、昼前なので出歩く人は少ない。大声を出さない限り、話がしにくいわけではなかった。千鶴は依然として事情が分からない様子だったが、大友が「誰に殴られたんですか」と言った瞬間、一気に顔が蒼褪める。

「私は別に――」

「顔だけじゃない。恒常的に暴力を受けていますね。足も引きずっていたでしょう。蹴られたか何かしたんですね」

千鶴が目を逸らす。斜め下の方を向きながら、ことさらゆっくり呼吸を繰り返していた。自分を落ち着かせようとするように……やがてのろのろと顔を上げる。無表情だった。

「家庭内のことには、警察は簡単に口出しできないんです」

「それで大きなトラブルになることもありますよね」千鶴がいきなり皮肉を吐いた。

「知らんぷりをしているうちに、事件になってしまって」

「あなたの場合も、そういう可能性があるんですか」

千鶴が口をつぐむ。少し攻撃的な態度が出ているのは、自分を守るためなのだろうか。物理的にではなく、面子を……あるいは家庭を。暴力を受けているとしたら、彼女にとって、家庭は既に守るべき場所ではなくなっているのだが。

「あなたが家庭内で暴力を受けているなら、相談に乗ります」

「そんな簡単にはいきません」

「いきますよ」

「無理です」千鶴がむきになって言った。

「どうしてですか？」大友は両腕を広げた。「仮にそうであっても、珍しいことじゃない。ストレスや苦しみがあった時、それが一番近い関係の人——家族に向くのはよくあることです」

「そうみたいですね」冷静な表情は、そういう事件をたくさん取材してきたマスコミの人間に特有のものに見えた。

「あなたは、一種の公人です」大友は説得を続けた。「テレビで顔を知られた人です。そういう人が、家庭の問題に何とか耐えようとするのは理解できます。表沙汰にして、恥をかきたくないですよね」

「私は別に、恥なんて——」千鶴が声を張り上げたが、すぐに口を閉ざしてしまう。

「体面は大事ですよね。どんな仕事でも同じだと思います。でもあなたの場合は、特に大事だ」

「そんなことはありません」

「いつでも相談に乗りますよ」

「必要ありません」千鶴からは、それまでの毅然とした雰囲気も女性らしい柔らかさも、全てが消えていた。今はただ、強い言葉で弱気な本音を隠し通そうとしているだけのようだった。

どうしてこんなにむきになる？　大友には分からなかった。誰に相談するでもなく、ただ痣を化粧で隠すようなことをして……そんなことをしていれば、自然に嵐が過ぎ去るとでも思っているのだろうか。あり得ない。恒常的に繰り返される暴力は、エスカレートする一方で、自然に収まる、ということはない――相手が死ぬか、新たなターゲットを見つけない限り。

「ご主人の立場を守ろうとしているなら、もう一度考え直して下さい。私は、あなたのご主人がどういう人か知らない。でも、守らなくてはいけないのは、まずあなた自身だと思います」

千鶴は何も言わなかった。それで、夫から暴力を受けていると認めてしまったも同然なのだが、反論もなければ「助けて」の一言もない。暴力に耐えても、家庭を――ひいては自分の評判を守らなくてはならない、と思っているのだろう。三組に一組が離婚すると言われる現代でも、離婚でダメージを受ける仕事はまだあるものだ。

「何をするにも、命あってこそですよ」

「大袈裟です」千鶴が笑ったが、頬の痣が痛々しく目立つだけだった。

「大袈裟だと思って放置していて、手遅れになることも多いんです。僕は、そういうケースも見ています」

「刑事さんだから、当然ですよね」

「だから――」

「簡単に踏み出せないこともあるんです」

「それは分かりますけど――」

「何もない時は、何でもないんです」千鶴は大友の言葉を二度に渡って遮った。「それに、私が少し我慢すれば何とかなるんですから」

「いつまでもそれが続くとは限りませんよ。もっとひどくなるかもしれない」

「私のことですから」千鶴が突然、毅然とした口調で告げた。「自分のことは自分で何とかします」

小峰は起訴され、大友たちには待機の日が戻ってきた。次に特捜本部事件が起きるまでの、静かな日々。大友は、千鶴の事情を一人胸にしまいこんでおくことができず、池内に相談した。

「放っておいていいんじゃないか」池内があっさりと言った。

「いや、しかし――」

「基本的に警察は、家庭内のことには口を出すべきじゃない。事件になったり、相談があったりすれば別だけど、そうでなければ……」池内が首を横に振り、右手を左から右へ払った。「警察が一々家庭内のことに首を突っこむような社会は、ろくなもんじゃないぞ」

「それは分かりますけど、暴力はエスカレートするかもしれませんよ」

納得できなかった。明らかに暴力の事実があり、被害者もそれを認めている。家庭内の出来事、そして告訴がないという理由だけで放っておいていいとは思えない。もしも暴力沙汰がエスカレートして、彼女が病院に運びこまれるようなことになったら、大変なスキャンダルだ。自分はそれを事前に阻止しようとしただけなのだが……。

さらに池内に突っこもうと思った瞬間、大友の携帯電話が鳴った。見知らぬ電話番号の主は千鶴だった。何かあったのではと、慌てて「どうしました」と切り出す。

「今から会えませんか」と千鶴が冷静な口調で言った。

「何かあったんですか」

「時間があれば、会って下さい……日比谷公園まで来ています」

「分かりました。十分で行きます」

強引な言い方は、断れるものではなかった。落ち合う場所を決めて、大友は上着を摑んだ。池内が、怪訝そうな表情を浮かべる。大友は簡単に事情を説明して、すぐに一課の大部屋を飛び出した。

朝まで降っていた雨が上がり、日比谷公園の中は緑が濃かった。梅雨の晴れ間、真夏を思わせる陽射しが容赦なく降り注ぐ。千鶴は、眼鏡をかけていた。それを見て大友は、目元に怪我をしたのではないか、と心配になった。が、大友を認めてすぐに眼鏡を外した千鶴の顔に、怪我はなかった。

何も言わず、千鶴がハンドバッグから一枚の紙を取り出す。ゆっくりと広げて大友の眼前に突き出した。

「離婚するんですか？」

話が突然進んでいて、大友は啞然とした。

「結婚した直後から、暴力はあったんです」淡々とした口調で千鶴が説明した。「普段はいい人なんですよ。職人肌で、自分の作るドラマには絶対の自信を持っていて。社内外でも評価されています。でも、ちょっと行き詰まるとすぐにお酒に逃げるんです。それで、酔うと……」

「あなたに暴力を振るう」

千鶴がうなずき、離婚届を畳んだ。双方の名前の所に判子は押してあっただろうか、と大友は思った。

「ずっと我慢してきたんです。酔いが醒めれば泣いて謝るし、私が突き放したら、彼はもっと駄目になってしまうかもしれないと思ったから……でも、そんな風に我慢しているうちに、私の方のストレスもマックスになっていました」

「分かります」

「この半年ぐらい、ずっと悩んでいたんです。だんだん暴力もひどくなって……でも、離婚しようとは考えてもいませんでした。大友さんが指摘してくれなければ。今まで、暴力を受けていることは、誰にも気づかれなかったんです。上手く隠してきたから……気づいたのは大友さんだけでした」

自分が一つの家庭を壊してしまったかもしれないと考え、大友は喉が詰まるような感覚を味わった。

「あ、大友さんには感謝してるんですよ」大友の懸念に気づいたのか、千鶴がさらりと言った。

「どうしてですか」

「もしもこのまま、誰にも気づかれなかったら……将来どんな風になったか、分かりませんよね。こんなことがいつまでも続いていて、いいことはないと思います。事件にするつもりはありませんけど、けじめをつけなくちゃいけないって思って」

「ご主人は納得しているんですか」

「これからちゃんと話します」

「もしもトラブルになったら――」

千鶴が声を上げて短く笑った。

「もちろん、一対一で話はしません。誰かに間に入ってもらいます。でも、大友さんがそんなことをしたら、まずいでしょうね」

「あまり勧められることではないですね。離婚は民事問題ですし、警察には民事不介入の原則がありますす」

「分かってます。それにこれは、私の問題ですから」

千鶴が表情を引き締め、うなずいた。大友に喋らせる暇を与えず、踵《きびす》を返して去って行く。大友は、「毅然」という言葉が書いてあるようなその背中を見送るしかなかった。

「これで正解なんだよ」

声をかけられ、大友は振り向いた。池内が、真顔で立っている。

「何か……中途半端なことをした感じがします」

「いや、今話を聴いた感じだと、警察が出ていけるような様子じゃなかった。被害者に最初の一歩を踏み出させることができたら、それで十分じゃないか？　何も犯人を捕まえるだけが、刑事の仕事じゃないからな」

「むしろ余計なことだったんじゃないですかね」

「余計なことの積み重ねが、結局人助けにつながるんだよ。警察なんて、結局人助けのために存在してるんだから。とにかく今回のお前さんの判断は、間違っちゃいない。それに、よく怪我に気づいたな。俺には全然分からなかった……その観察眼、大事にしろよ」

「ええ……」ふと気がつき、疑問を口にしてみた。「ところで、いつからそこにいたんですか？　全然気づかなかった」

「張り込みは刑事の基本だろうが」池内がにやりと笑う。「逆に、見張られてるのに気づかないようじゃ駄目だ。もう少し、基本を叩きこんでやらないといけないようだな」

苦笑しながら、大友はうなずいた。どうやら僕には、刑事として学ぶことが、まだまだたくさんあるらしい。

親子の肖像

6月28日：優斗が元気過ぎて困る。三歳といえばいたずら盛りではあるのだが、とにかく僕の手には負えない。今日は、菜緒の実家で、義母のお茶道具をひっくり返して大騒ぎになった。もっとも焦って困ったのは自分だけで、菜緒も優斗もケラケラ笑っていたが、冷汗ものだった……それでもいい気分転換にはなった。明日は、久しぶりに厳しい仕事をしなくてはならない。身の危険がないとは言えない仕事だ。

『A班、準備完了』

『B班も配置完了』

次々と無線で飛びこんでくる報告を聞きながら、大友鉄は激しい喉の渇きを感じていた。午後六時……陽はまだ高く、道行く人の数も多い。主婦が夕飯用の買い物を済ませ、子どもたちは学校や塾から家へ急ぐ。早目に勤務を終えたらしいサラリーマンの姿もあった。

こんなに人が多い状態で、逮捕を強行して大丈夫なのだろうか。もう少し、安全な夕イミングがあるようにも思えるが……。

「ビビってるんじゃないよ、テツ」同期の柴克志《しばかつし》が、大友の背中をどやした。

「ビビってない。心配してるだけだよ」大友は反論したが、その二つに何の違いがあるのか、自分でも分からなかった。

「だったら、貧乏揺すりはやめろって」

「僕が？」仰天して大友は自分の鼻を指さした。「立ったまま貧乏揺すりできるわけないじゃないか」

二人は先ほどから、コンビニエンスストアの前に立っている。二人ともミネラルウォーターのボトルを手にし、柴はゆっくりと煙草を吸っていた。営業途中のサラリーマンがコンビニで買った水で喉の渇きを癒しながらサボり中、の図である。不自然ではないはずだ、と大友は自分に言い聞かせ続けていた。喉の渇きを押さえるため、ペットボトルを一気に半分ほど空にする。喉が渇いているのは、緊張に加えて暑さのせいもあるだろう。梅雨も明けていないのに、今日の最高気温は軽く三十度を突破している。昼間の熱気が、この時間になってもまだ街に満ちているようだった。しかも空気は湿って、じめじめと肌にまとわりつく。

「冗談だよ、冗談」柴が声を上げて笑い、新しい煙草に火を点けた。そうしながらも周囲を慎重に見回している。ターゲットは絶対に見逃さない、という執念が透けて見えた。

手首を持ち上げて時計を確認すると、「遅いな」と文句をこぼした。

「毎日、そんなに決まりきった生活を送ってるわけじゃないだろう」

「いや、この一週間、ウィークデーはまったく同じペースで帰って来てたんだ。監視は徹底していたんだから、間違いない」

　確かに。

　今日のターゲットである安斉幹朗《あんざいみきお》、三十六歳は、自宅から二駅離れた場所にある鉄工所に勤めている。家を出るのは午前七時半、毎日午後五時には仕事を終えるが、職場から出て来るのは五時半過ぎだ。その間、シャワーで汗を流しているらしく、いつもさっぱりした顔になって工場から出て来る。自宅の最寄り駅に着くのは午後六時前後、途中で買い物をしたりすることもあるが、だいたい六時半には自宅のアパートに辿り着く。途中で酒を呑んだり、パチンコ屋に立ち寄ったりということは一切なかった。

「しかし、真面目に働いている人間がこんなことをするとはねえ」柴が溜息を零《こぼ》す。

「それとこれとは別なんじゃないか」

「確かに、な。人を殺す時には、どんな真面目な人間でも、精神状態は正常じゃなくなるから」

「ああ」

「いつも思うんだけどさ、突き詰めて考えれば、動機なんてどうでもよくなるんじゃないか？　殺す瞬間の自分の気持ちを説明できる犯人は、いないだろう」

「動機っていうのは、そこに至るまでの原因のことだから、調べる意味はあるよ」

「ああ、まあな。それにしても、今回はちょっと安斉が可哀想だ」

そう、ある意味、同情されて然るべき話ではあった。借金絡みの殺人なのだが、被害者——安斉の長年の友人でもある——が、あまりにも強硬に返済を迫って、安斉を精神的に追い詰めたのだ。様子を見ていた人の証言によると、「昔の消費者金融でも、あんな風にひどくはやらなかった」。安斉の勤務先に押しかけて社長にまで暴言を吐いた他、自宅のドアに「金返せ」と大書した紙を貼りつけるなど、安斉が精神的に追い詰められたのは想像に難くない。

借金の額は、百五十万円。安斉の年収は四百万円に少し欠けるぐらいだというから、大金ではある。しかしそのために人一人の命が奪われることになるとは……大友も溜息をつきたい気分だった。最近、人の命があまりにも軽く扱われ過ぎる感じがする。いかに簡単に人が殺されるか、刑事として現場に立っていると実感させられることばかりだ。

二週間前、被害者の中嶋《なかじま》は、自宅アパートで殺されていた。出勤して来ないのを不審に思った勤務先の自動車修理工場の経営者が家を訪ねて、死体を発見。検視の結果、死後一日ほど経っていることが分かった。

中嶋は、仕事以外の交友関係がほとんどない男だったが、周辺捜査の結果、ほどなく高校時代からつき合いがあった安斉の存在が浮かび上がった。二人の関係は、つかず離れずで二十年以上続いていたが、半年ほど前に安斉が交通事故を起こした時から、ぎくしゃくし始めたという。

出会い頭の乗用車同士の衝突事故で、相手の車はほぼ全損。保険は相手への支払いで消え、安斉は自分の車の修理をするのに、自腹を切らなければならなかった。その車がまた面倒なもので……十年以上も大事に乗り続けてきた、R32スカイラインGT－R。しかも安斉は、買ってから数百万円近い改造費用を投入してきたという。廃車になってもおかしくないほど大破していたのを、中嶋に何とか頼みこんで勤務先の工場で修理してもらったのだが、払う金の当てがない。費用のことで修理工場の社長に文句を言われた中嶋は、仕方なく自腹で百五十万円の修理費用を立て替えた。

安斉にすれば「借金」ができたことになり、念書も交わしたのだが、結局支払いを延ばし延ばしにしてきた。鉄工所で地道に働いている安斉にとって、百五十万円は簡単に作れる額ではない。二人が険悪な雰囲気で言い合う場面を目撃していた人が何人も出てきて――中嶋が勤める修理工場でも口論をしていた――安斉が第一容疑者として浮上してきたのである。その後動向確認と裏づけ捜査を一週間続け、今日ついに逮捕の段取りになった。

「しかし、車一台のことで人を殺すとはねえ」柴が呆れたように言った。「たかが車、じゃないか」

「特殊な車だから」

「だからってさ、やり過ぎだろう」

そう言えば柴は、車にあまり興味がないタイプだ。警察官は仕事柄、嫌でも車のことに詳しくはなるが、それと自分が「好きだ」というのはまったく別の話である。大友もそれほど興味があるわけではないが、妻の菜緒は車好きだ。今乗り回しているのはフィアットの「クーペフィアット」。直列五気筒ターボという少し癖のあるエンジンのフィーリングを愛している。根っからスポーツウーマンの彼女としては、やはりいつまでもスポーティなクーペを乗り回していたいらしい。子どもが生まれてからは、ドア二枚のクーペというのは使い勝手が悪くて仕方ないのだが……チャイルドシートを取りつけるのも一苦労だ。とはいっても、嬉々として運転している妻の顔を見るのは楽しい。そして彼女なら、フェラーリやポルシェに乗っていても似合いそうなのだが、さすがにこれは、公務員の給料では無理がある。

「それに、かっとなりやすいタイプだったそうだし」大友はつけ加えた。

「確かに、警察沙汰になっていないだけで、喧嘩はしょっちゅうだったらしいな」

「そういう人間が、命の次に大事な車に執着すれば、事件を起こしてもおかしくはないよ」

安斉はまだ、警察に目をつけられていることを知らないはずである。虚を突かれれば、

「気を抜かないでいこう」面倒なことにはならないだろうと思いながら大友は言った。

り調べなどは自分の仕事でないと思っている節すらある。

だが網が狭まり、犯人が手中に入ってしまうと、途端に関心をなくしてしまうのだ。取

ていない状態だと、それこそ寝食を忘れて仕事に没頭する。飢えた猟犬のような男だ。

この男の不思議な考え方の一つである。犯人が誰か、あるいはどこにいるかが分かっ

「取り調べはお前がやるんだろう？　俺はお役御免と願いたいね」

「そう簡単には帰れないよ。逮捕したら、今夜は長くなる」

気合い十分だ。

「さて、軽く仕上げて、さっさと帰ろうぜ」柴が両手を握り合わせ、指の関節を鳴らす。

捕するのに八人は多過ぎる感じもするが、念には念を入れ、だ。

たちが途中で合流、さらに自宅アパート前では二人が待ち構えている。一人の人間を逮

は、さらに二分ほどかかる。鉄工所からの尾行は二人、駅でさらに二人が加わり、大友

のコンビニエンスストアまでは、大人の男の足で歩いて七分から八分、ここから家まで

イアフォンに情報が飛びこんできて、大友は一気に緊張感を高めた。最寄り駅からこ

『安斉、駅改札を通過』

「まあな」

抵抗はできないはずだ。

安斉はもちろん、「プロの犯罪者」ではない。高校卒業後すぐに両親を亡くし、その後結婚もせずに一人暮らしをしていたが、東京の下町でそういう風に静かに暮らしている人はいくらでもいる。趣味は車だけ。交通事故、そして金のことで追い詰められなければ、今後も今までと同じような毎日を繰り返していたことは間違いない。

本人に対する取り調べはまだだが、特捜本部では九十パーセント、安斉を犯人だと判断している。二人の間にトラブルがあったことが分かった後、犯行現場である中嶋のアパート周辺での聞き込みが強化されたのだが、犯行当日、安斉が目撃されていた。もちろん友人だから、互いに家を訪ねてもおかしくはないが、それが午前二時となるとやはり不自然である。仮に友人の家を訪ねたとしても、そんな時間に去るのは妙だ。電車もなくなった時間帯だし、徒歩で帰るには距離が離れ過ぎている。安斉の懐具合からすると、タクシーを使うのも難しいだろう。

そう考えると、どうしても中嶋の家を離れざるを得ない状況があったのだ、という推測が成り立つ。しかも中嶋の死亡推定時刻は、午前零時から二時の間だ。殺してすぐに家を離れた、と考えるのが自然である。

『銀行前を通過』

『セブンイレブン前通過。寄り道する気配なし』

次々と報告が入る。ここまで、あと二分ぐらいだろうか。大友は空になったペットボトルをごみ箱に捨てた。柴もそれにならい、ついでに吸殻を店の前の灰皿に投げ入れる。戦闘準備完了、だ。

二人は素知らぬふりをしながら、周囲を見渡した。安斉が店の前を通過した直後、尾行の一団に加わる段取りになっている。それまで安斉をつけていた刑事は、後ろに下がる。安斉に気取られないよう、次々に順番を入れ替える作戦だ。

「来た」柴が短く告げる。

大友は道路の向かいにある電気店を見る振りをしながら、安斉の横顔を確認した。三十六歳という年齢よりずっと老けて見え、背筋も丸まっている。野球帽を被っていたが、そこからはみ出した髪には、既に白髪が混じっていた。しかし毎日力仕事をしているせいか、半袖のTシャツから覗く腕は太く、筋肉が脈打っている。目つきが鋭い——というか、しきりに周囲の様子を気にしているのは、やはり警察に追われている意識があるからか。

「冴えない奴だな」一言皮肉を言い残して、柴が尾行を始める。

大友は彼に遅れて歩き始めた。細い道路を横断し、斜め後ろの位置から安斉の背中を追う。後ろを確認はしなかったが、四人の刑事が続いているはずだ。

尾行は慣れたもので、特に緊張もしない。ひたすら相手の背中、あるいは靴を追うだけだし、繁華街ほど人通りが多いわけではないので、今回は特に楽だった。気をつけるのは、余計なことを考えないようにすることだけ。考えが彷徨《さまよ》い始めると、相手を見失いがちになる。あとは気づかれないように注意するぐらいだ。

安斉の足取りはまったく変わらず、ただひたすら家を目指している。家にはささやかな安らぎが待っているかもしれないが、今日は楽しむことはできないだろう。それを考えると、少しだけ胸が痛む。今日から、安斉の日常はまったく変わってしまうのだ。

アパートに辿り着く。だが大友は、顔を上げた瞬間にミスを悟った。アパートで待機していた二人の刑事が、いかにも「待ってました」という感じで、階段の陰から姿を現したのだ——しかも、ひどく凶悪そうな面相で。安斉の足が止まると同時に、後ろを振り返る——目が合ってしまった。大友は慌てて顔を背けたのだが、安斉の反応は早かった。

突然踵を返してダッシュする。いったい何を——安斉が、アパート一階の隅にある部屋のドアを開けようとしていた子どもに突進した。

「安斉！」柴が叫ぶ。異変に気づいて部屋に駆け寄ったが、それより一瞬早く、安斉は子どもを抱きかかえてドアの向こうに消えてしまった。大友もその直後にドアに達したのだが、鍵がかかる「かちり」という音を確かに聞いただけだった。

その瞬間、大友の顔面から一気に血が引いた。

殺人事件の犯人を逮捕する——比較的簡単な仕事のはずが、人質立てこもり事件にな
ってしまった。
現場指揮を執っていた係長の福田《ふくだ》の顔面は蒼白だった。現場は混乱しており、次第に
情報が集まる中、彼が背負う責任は重くなる一方である。
安斉が人質に取った子どもの名前は、芳沢晃生《よしざわあきお》と判明した。八歳の小学二年生である。
近所の聞き込みによると、母親はおらず——事情は分からない——父親と二人暮らしら
しい。父親は仕事で遅くなることも多く、午後六時までは学童保育で過ごしていても、
その後は家で一人になることも少なくないらしい。今日も帰宅したタイミングで被害に
遭った、ということのようだ。
何事が起きたのかと、アパートの住人がぞろぞろと部屋から出て来たので、制服警官
が誘導して規制線の外にまで下がらせる。外へ出て来ない人たちに対しては、制服警官
がドアをノックして回り、外へ避難させた。突然、自分の住居が危険な場所になってし
まった住人たちは、一様に不安な表情を浮かべている。一方、野次馬は……深刻そうな
表情を浮かべようとしてそれが叶わず、ついにやにやしてしまっている人が多い。
人質事件ということで、捜査一課から特殊班が出動することになったが、それまでの
交渉は大友に任された。ドアに張りつき、インタフォンを慎重に鳴らす。しかしタイミ

ングが難しい。何度も鳴らすと、安斉の神経を逆撫でするだけだろう。出てくれ……話さえすれば、何とか説得できる自信はある。

鳴らして一分……反応がない。二度目の呼びかけをするか、ドアをノックするか迷い始めた瞬間、インタフォンの向こうで安斉が応じた。

「警察か」

彼の声は低くしわがれ、凶暴な本性を感じさせた。直接話すのはこれが初めてだったが、大友がイメージしていたのとは違う。もっと普通の――気の弱い人間だと思っていたのだが。そういう人間の方が、かっとした時に思いもかけぬ凶暴な行為に走る。

「警視庁捜査一課の大友です」丁寧に名乗るのがいいかどうか分からなかったが、いつもの癖は直せなかった。

「警察が近くにいるんだな」

「それは――」

「パトランプが回ってるだろうが」

さすがに気づくか……所轄からもパトカーが出動していて、夕闇が迫り始めた街に赤い光をまき散らしている。ドアの脇にある窓から、室内にもその赤い光は入りこんでいくだろう。ここはもっと、気を遣うべきだった。特殊班の連中がいれば、上手くやったかもしれないが。

「邪魔ですか」

「邪魔だ」

「ちょっと待って下さい」

　大友はドアから少し離れ、無線に話しかけた。

「安斉が神経質になっています。パトランプを消すよう、お願いします」

『了解』福田が怒鳴るように言ってから十秒後、パトランプが全て停止した。薄い夕闇を意識させられる。大友はまたドアに張りつき、インタフォンに向かって話しかけた。

「パトランプを止めましたよ。話はできますか？」

「話すことはない！」

　安斉が怒鳴った。かなり切羽詰まった感じであり、焦りが伝わってくる。また、背後でかすかに子どもの泣き声が聞こえる。まずい……子どもがパニックに陥ったら、それは安斉にも伝染するだろう。不安になると同時に、大友は胸の痛みを感じた。小さな子どもを持つ親として、こういう事件は一番きつい。

「要求があるなら聞きますよ」大友は普段以上に丁寧に、ゆっくりと話した。今絶対にしてはいけないのは、安斉を追い詰めることだ。

「要求なんかない！」安斉の声はほとんど悲鳴のようだった。

「子どもは……晁生君は無事ですか？　怪我はしてませんか？」

「ガキの名前は知らない」

「芳沢晁生君というんです。まだ小学校二年生ですよ。同じアパートの子でしょう？見たことはないですか？」

同情を引こうとしたのだが、安斉には通用しなかった。天涯孤独の身だから、子どもの話をしても心は揺さぶられないのかもしれない。

「とにかく、晁生君は外へ出してもらえませんか？　あなたとの話は、それからでもできるでしょう」

「うるさい」

「いつまでもこんなことを続けているわけにはいきませんよ」

「サツは関係ない。さっさと離れろ」

「あなたが出てこない限り、それは無理なんですよ、申し訳ないんですが」

「だったら俺は、ずっとここにいる」ドアの向こうにいるはずの安斉の気配が消えた。

大友は背筋を真っ直ぐ伸ばして、額の汗を手の甲で拭った。これは……この雰囲気はまずい。大友は隣の部屋の前に張りついている柴に目くばせした。柴がすっと寄って来て、「どうだ？」と訊ねる。大友は首を横に振って、状況が芳しくないと伝えた。

「少しここで張っていてくれないか？　福田さんに報告してくるから」

「安斉、俺と喋るかね」柴の表情が暗くなる。説得のような仕事は苦手なのだ。

「いや……今はあまり刺激しない方がいいと思う。黙っている方がいいよ」

「分かった」柴が蒼い顔のままうなずく。

うなずき返して、大友はその場を離れた。心臓が激しく鼓動していたことを改めて意識する。数十メートル離れたパトカーにいる福田のところへ向かう間に、頭の中で状況を整理した。安斉は相当切羽詰った様子。子どもは、今のところは無事なようだが、安斉が何をするかは分からない——いったん落ち着いたはずの鼓動が、また激しくなってきた。晃生に何かあったらと考えただけで、苦い物がこみ上げてくる。

パトカーの後部座席に乗りこむと、福田が嚙みつくように訊ねてきた。

「どうだ？　やばい感じか？」

「安斉本人が、どうしていいか分からずにパニックになってる状態だと思います」大友は彼の声を頭の中で再生しながら答えた。「おそらく我々に気づいて、とっさに子どもを人質に取っただけだと思います。引っこみがつかなくなってしまっているんですよ」

「まずいな……」福田が丸い顎を撫でた。顔色は悪い。「要求は？」

「取り敢えず、我々にここを離れるようにと言っています。でも、離れても無駄だと思いますよ」

「どうして」不機嫌に福田が聞き返す。

「どうやってここから逃げ出すか、本人も何も考えていないようですから。まさか、我々の方でアドバイスするわけにはいかないでしょう」

「そりゃそうだ」

福田が爪を嚙む。ひどく子どもっぽい仕草だが、この場面では仕方ないだろうと大友は同情した。誰だって苛ついている。

「特殊班はどうなっているんですか？」大友は腕時計を見た。連絡を入れてから、既に十分以上が経っている。現場は都営新宿線の一之江駅付近。桜田門の警視庁本部からここまでは、パトカーで緊急走行しても、相当時間がかかるのだが……。

「そろそろ来るだろう。しかし、特殊班が来ても、事態が長引くのは目に見えてる。要求がない人間を説得することはできないからな。冗談じゃないぞ、まったく」福田が速射砲のように言葉を吐き出した。

彼の言うことには一理ある。行き当たりばったりで人質を取った人間を、理性的に説得できるとは思えない。向こうが疲れてギブアップするまで粘るしかないのだ。その前に、冷静さを取り戻して落ち着いてくれればいいのだが……。

大友は狭い車の中で一礼してから外へ出た。既に街は完全に宵闇に覆われている。食べ物の匂いが流れてきた。どこかの家では、今夜の夕食はカレーらしい……かなりスパイスの効いたカレーのようだが、アパートの近くで夕食を作っている家があるとは思えない。アパートを中心に一帯は封鎖され、住民は避難を要請されているのだ。

アパートに戻ると、柴が同僚の刑事と小声で話していた。大友に気づくと、柴が隣の部屋に向けて顎をしゃくった。

「部屋を空けてもらった。中から、隣の部屋を観察した方がいいだろう」

「分かった」

柴が、預かった鍵を使ってドアを開ける。むっとする熱気が漂い出てきて、大友は夏が近いことを感覚的に感じ取った。本当に、最近の暑さは異常だ……春と秋が消え、日本には夏と冬、二種類の季節しかなくなってしまったように感じる。

玄関に立ったまま、柴が灯りをつける。二人は一瞬で室内の様子を確認してから靴を脱ぎ、部屋に入った。一人、ないし二人暮らし向きの2K。玄関に続く小さなキッチンでは、冷蔵庫がかすかなハム音を立てていた。相当古いものらしい……。

「この部屋の住人は？」大友は声を低くして訊ねた。隣の部屋にまで聞こえるとは思っていなかったが。

「大学生」

「よく空けてくれたな。お前も交渉、できるじゃないか」

「交渉したわけじゃない」柴が肩をすくめる。「本人が驚いて飛び出してきたから、その時に話しただけだ」

うなずき、キッチンに続く洋室に入る。一見フローリングに見えたが、実際はフローリング風のクッションフロアで、足元の感覚はぶかぶかと頼りない。隣の部屋に面した壁には、ベッドが押しつけてあった。

「失礼しますよ」誰に言うともなく柴がつぶやいて、ベッドに乗って膝立ちの姿勢になる。壁に耳を押し当て、しばらくそのままにしていた。やがて壁から耳を離すと、ゆっくりと首を横に振る。

「聞こえない？」

「そんなに壁が厚いとは思えないんだけどな」柴が唇を歪める。

確かに……二階建てのアパートは、結構古そうだ。防音に関しては、最近のアパートやマンションに比べるべくもないだろう。大友は、部屋全体を調べてみた。キッチンの他には六畳間が二つ。どちらの部屋もベランダに面しており、南向きなので日当たりがよさそうなのは利点だ。

警察的には……微妙である。大友は、突入場所のことを考えた。今のところ、隣の部屋に強行突入するとしたら、玄関、ないしこの部屋のベランダを通じてからしか考えられない。だがベランダが広いから、それだけ安斉も外の動きに気づく可能性が高くなる。その辺、どうなっているのか、もう少し詳しく調べておかないと。

大友は窓に手をかけた。「おい」と柴が鋭い声で忠告する。

「大丈夫だ。ちょっと見てみるだけだから」

大友は、顔が通るだけの幅に窓を開けた。ベランダの奥行きは一・五メートルほど。隣の部屋のベランダとの間は、白く薄い板で区切られているだけだ。この辺りは、アパートやマンションの標準的な作りである。板を蹴破って隣の部屋のベランダに突入するのは難しくないが、そこから先どうするかは判断が難しい。もしもベランダに警察官がいることに気づいたら、安斉は何をするか分からない。神経過敏になっているのは間違いないのだ。

窓側の向かいは別のアパートになっているが、結構距離がある。通路のように細い空き地があって、雑草が生い茂っていた。そちらからも隣の部屋にアプローチできそうだが、やはり安斉に気づかれずに近づくのは難しそうだった。

静かに窓を閉めたが、鍵はロックしないままにしておく。何かあったら飛び出せるようにしておかないと。

「どうだ？」

低い声で柴が訊ねる。大友は、観察と分析の結果を報告した。柴はうなずきながら聞いていたが、大友が話し終えると渋い表情を浮かべた。

「安斉が、こんな乱暴なことをするとは思ってなかった」

「いや、基本的に乱暴なタイプなんじゃないか？　普段は表に出ないだけで……そうじゃなければ、人を殺したりしない」

「確かに、粗暴な一面はあったみたいだからな」

関係者への聞き込みの結果、普段大人しい安斉は、酒が入った時には荒れ気味になる、ということが分かっている。中嶋を殺した時にも酒が入っていたかどうか……「酔っていたから」というのは、一切言い訳にならないのだが。

「これは、持久戦になるな」柴が諦めたように言って、ネクタイを緩めた。反射神経は抜群だが、その反動ということだろうか、見切りをつける時は早い。粘って粘って……という考えは、この男にはないようだった。しかし今回ばかりは、こちらも粘らなければならない。

「まず、夕飯でも勧めてみようか」

「そうだな」大友の言葉に柴が同意した。「こういう場合、いいものを食わせた方がいいんじゃないか。相手がカツ丼って言ってきたら、うな重を出すぐらいじゃないと」

「それは基本だけど……子どものことも気になるんだ。ちゃんと食べられるかな」大友は、食欲旺盛に食べる息子の姿を頭に思い描いていた。

「そうだな」柴の顔が歪む。

唯一の前向きな材料は、監禁場所が子ども自身の家だということである。これが見知らぬ場所だったら、早々にパニックに陥り、ひどい結果になっていたかもしれない。一番慣れた場所にいるのだから、人質にとっては悪くない条件のはずだ。

「もう一度、犯人と話してみる」大友は腕時計を見た。いくら何でも、そろそろ特殊班が到着するだろう。そうなったら、説得の役目は渡さなければならない。別に自分が主役になりたいわけではないのだが、大友はこの一件に関して、少なからぬ責任を感じていた。安斉が振り返った瞬間に目が合ってしまったこと――あれで安斉は、警官に追跡されていると確信したのだろう。刑事らしい気配は消すように心がけていたのだが、やはり滲み出てしまったようだ。気配を消せないようでは、まだまだ修行が足りない。

もちろん、安斉を引っ張る作戦自体にも、問題があったと言えるだろう。もっと早い段階――例えば職場を出た時点で声をかける手もあったはずだ。そんな風に後悔するだけなら誰にでもできるのだが。

この事件はどこへ転がっていくのか――大友は、努めて楽観的になろうとした。人質事件で、最悪の結末に至るケースを想定する。それは間違いなく、人質の殺害だ。しかし多くの事件では、人質には怪我一つなく、犯人も最後は素直に投降してくる場合がほとんどである。どんなに突っ張っていても、永遠に立てこもりを続けるわけにはいかないし、逃走の手段も得られない。そんなことは、少し考えればすぐに分かるのだ。

そして警察の方でも、「犯人を無傷で逮捕」が金科玉条になっているため、決して無理はしない。とにかく時間を稼ぎ、相手が疲れ切るか諦めて投降するまで粘るのだ。

しかし、今日は蒸し暑い。エアコンを入れているといいが……こういう条件が犯人の精神状態に悪影響を与える恐れもある。もう少し気温が下がってくれるとありがたいのだが、と大友は祈るような気持ちになっていた。

「そういえば、子どもの父親はどうした」言い出したのは福田だった。

特殊班が到着し、夕食をどうするかで安斉と交渉を始めた後……指揮権を特殊班に引き渡して、わずかに空いた時間だった。

大友は、夕食にと誰かが調達してきた牛丼の容器から顔を上げた。確かにおかしい。近所の人たちの話では、晁生の父は仕事で遅くなることが多いというが、既に午後七時半を回っている。小学校二年生の子どもをこんな遅くまで一人にしておくわけがないが……事故にでも遭ったのかもしれない、と心配になる。

大友は牛丼の容器に蓋をし、車から出た。盲点だった。人質を「取った」方の安斉を気にするあまり、肝心の晁生のことをおろそかにしていた。まったく情けない……同じ男の子を持つ父親として、こんなに気の利かないザマではいけない。

どうするか……まず、父親の勤務先、連絡先を割り出さないと。大友は手帳に控えていた不動産屋の電話番号を呼び出した。もう遅い時間だが、まだ誰かいるだろうか――呼び出し音が二回鳴っただけで、社員が電話に出た。扱っている物件が事件の舞台になっているので、帰れないのかもしれない。大友はかすかに同情を覚えながら、晃生の父親について訊ねた。

「芳沢有《ゆう》さんですね……勤務先は……ちょっと待って下さい」

　がさがさと紙をめくる音が聞こえる。ややあって、「勤務先、言いますね」と答えが返ってきた。それを書きとめ、さらに携帯電話の番号を聞く。

「ないです」

「ない？」大友は思わず眉をひそめた。最近、連絡先には自宅の電話ではなく携帯電話を書く人が多くなっている。そもそも、携帯電話を持っていない人の方が少ないだろう。それを指摘すると、不動産会社の社員が苛立った声で答えた。

「ないものはないですから。契約書には書いてないんです」

「そうですか」そこまで言われると反論しようがない。大友は一度電話を切り、芳沢の勤務先——聞き覚えのない社名だったが、名前からして小さな町工場のようだった——の番号をプッシュした。「長多《ながた》製作所」。電話はつながったが誰も出ない。さすがにこの時間だと、もう人はいなくなっているだろうが……早急に何とかしなくてはいけない。大友は福田が乗っているパトカーに戻り、状況を確認した。

「携帯も持ってないのか」福田は、大友と同じ感想を口にした。

「ええ。取り敢えず、勤務先の人間に当たって調べるしかないですね」

「場所は？」

「住所からしたら、遠くないようです。隣駅ですね」

「分かった。お前、ちょっと行ってくれ。空いてる車を使え」

「分かりました」

誰かと一緒に……と思ったが、声をかける相手はいない。現場がどう動くか分からないから、取り敢えず人手は多い方がいいのだ。それに、被害者家族の居場所を割り出す仕事に、それほど労力が必要とは思えない。あくまで副次的な仕事……しかし大友にとっては大事だった。人質に取られた晃生が、どれだけ不安に思っているか。せめて父親の声を聞かせて、元気づけてやりたいと願った。


使える覆面パトカーが見つからなかったので、大友は結局電車を使った。おそらく車でも、かかる時間はそれほど変わらなかっただろう。長多製作所は駅から五分ほど歩いた場所にあったのだが、芳沢はもしかしたら、歩きか自転車で通っているのかもしれない。直線距離にしたら、アパートからは二キロも離れていないのだ。

大友が想像した通りの、小さな町工場だった。看板には「精密機器製造　東京電器協力企業」とある。日本を代表する家電メーカーと関係があるのか……とはいっても、実際には孫請けレベルではないかと思った。東京電器の名前を掲げることで、何かメリットがあるかどうかは分からない。

　こういう町工場では、社長一家が建物の二階や裏に住んでいたりするものだが……想像は当たった。脇道を通って工場の裏に入ると、小さな一戸建ての家がある。表札には「長多」。それほど多くない苗字だから、社長の家と見て間違いないだろう。

　玄関に出て来た社長の長多は、既にほろ酔い加減だった。顔が赤らみ、上機嫌そうである。普通の人は、警察官が訪ねて来ると警戒するものだが、そんなこともなかった。

「いやあ、ご苦労さん……あんた、いい男だねえ。警察官にしておくにはもったいないよ。俳優にでもなればいいのに」

　遠慮もなしにずけずけと言葉をかけてきたので、さすがに苦笑する。すぐに表情を引き締め、「こちらの社員の芳沢さんと、連絡は取れませんか？」と訊ねた。

「あいつ、何かやったのか？」

　社長の顔から一気に赤みが引く。少し極端過ぎる反応だな、と大友はいぶかった。どこまで話していいものか……この件は既にニュースになっているのだろうか。そうだとしても、長多は見逃しているかもしれない。

「実は、隣の駅で……人質立てこもり事件が起きてるんです」

「それで？」長多の声は鋭かった。

「人質が、芳沢さんの息子さんなんです」

「何だって？」社長が玄関を出て、大友に詰め寄った。息は酒臭かったが、表情は真面目で酔っているようには見えない。握りしめた拳は震えていた。「本当なのか、それ」

「間違いありません」我々の目の前で、とつけ加えようとして、大友は言葉を呑みこんだ。何も自分たちの失敗を詳しく説明することはない。「とにかく、芳沢さんに連絡を取りたいんですが、携帯電話を持っていないようなので……」

「いや、持ってるよ。ちょっと待って」

長多が家の中に引っこみ、すぐに戻って来た。自分の携帯をいじり、芳沢の番号を告げる。大友はその番号を自分の携帯に記憶させた。アパートを契約した時には持っていなかった携帯を、後から手に入れたのだろう、と大友は自分を納得させた。

「子どもは大丈夫なのかい？」長多が心配そうに訊ねる。

「今のところは」

早く連絡を入れたいのだが……しかし長多は、簡単には離してくれそうになかった。矢継ぎ早に質問をぶつけてくるのは、晃生のことを本当に心配しているからだと分かる。

「息子さんに会ったこと、あるんですか？」

「何度もね。社員旅行の時は必ず連れて来るんだよ。だから、もっと小さい時からよく知ってる」長多が、自分の腹の辺りで手を左右に動かした。「大人しい子でね……親一人子一人だから、いつも寂しそうにしてるのが可哀想でね。社員旅行の時なんかは、いいつも芳沢にべったりなんだ」

「母親はどうしたんですか？」

「いや、詳しいことは知らないけど……別れたらしいね。でもそんなこと、どうでもいいじゃないか。今時、離婚なんて珍しい話でもないだろう？」

「芳沢さんは、いつからこちらで勤めているんですか」

「かれこれ三年ぐらいかな。旋盤関係の資格をいくつか持ってるから、すぐに採用したんだ」

「その時には、もう親子二人暮らしだったんですか？」

「そう。離婚して、前に住んでいた家を出て新しい暮らしを始めたんだろうね。まあ、腕は確かな男だよ。仕事ぶりも真面目だから、こっちとしては助かってる。不況とか、就職できないとか言う奴がいるけど、それは自分で努力してないからだね。腕がある奴は、どこでも働けるんだよ」

「今日は、仕事は何時頃に終わったんですか？」無意味な方向へ流れがちになる話を、大友はなんとか本筋に引き戻した。

「六時半、かな。このところちょっと、注文がたてこんでいてね。社員全員、残業ですよ」

六時半に工場を出れば、七時には家に着けるはずだ。いったい何をしているのだろう……大友は「呑みに行ったりしますか？　それともパチンコで暇潰ししたりとか」と質問を重ねた。

「ないない」長多が顔の前で大げさに手を振る。「あいつは、子どものことしか考えてないから。自分は遊びもしないで、とにかく子ども一筋なんだよ。授業参観があると、ここを休むぐらいだからな。当然、仕事が終わると一直線に家に帰るんだ」

大友はうなずいた。父親一人だけで子どもの面倒をみているとはいえ、なかなかここまではできない。いかに子どもを愛し、大事にしているかは分かった。だったらどうして、今日に限って帰って来ないのか……それより何より、この状況を知った時、芳沢がどれだけショックを受けるか、想像もつかなかった。そうならないためにも、早く解決しなければならないのだが。

芳沢は電話に出なかった。二度、三度とかけても、すぐに留守番電話に切り替わってしまう。大友は意を決して、四回目の電話でメッセージを残した。ただし、事件のことには触れない。留守番電話のメッセージでそんなことを知ったら、どれだけショックを受けることか。「警察」と名乗ったことで、すぐに折り返ししてくれるのを期待するしかない。

折り返しの電話を受けたら状況を説明するしかないが、それはそれで気が重いことだ。とはいえ、誰かがやらなければならない。現場に姿を現したら、気持ちを落ち着かせることも……長多に礼を言って踵を返した瞬間、あることに気づいた。まさか……。

大友は立ち止まり、もう一度長多に質問を浴びせかけた。彼の語る「基礎データ」を聴くに連れ、疑念は確信に変わる。

何ということだ。

芳沢有は、強盗容疑で指名手配されている。別の名前で。

「強盗?」福田が声を張り上げた。

「確認しました。間違いありません」

「いつの事件だ」

「もう、六年前になります。蒲田で起きた事件で、被害者は当時六十歳の男性。仕事の関係で知り合って、金を貸してくれるように頼んだのを断られ、開き直って被害者の自宅から金を奪っていったんです。その際、被害者を殴りつけて重傷を負わせました」

「記憶にないな」

大した事件じゃありませんから、と言おうとして、大友は言葉を呑みこんだ。被害額や怪我の程度によって、事件の大小を判断すべきではない。しかし、このレベルの事件は始終発生しているのだ。自分が担当したのでない限り、覚えていろというのが無理な話である。

「すべての事件を覚えていられるわけじゃないと思います。だいたい、指名手配は、芳沢の名前じゃなかったんですよ」

「どういうことだ?」福田が目を細める。

「指名手配された時の苗字は、永沢《ながさわ》です。ところがこれは、別れた奥さんの苗字なんですよ。芳沢は養子に入ったので、これは間違いではないんですが……当時の捜査陣は、離婚の事実を見逃がしたまま指名手配したんだと思います」

「……大変なミスじゃないか」福田が低い声で言った。

「正直、指名手配してしまえば、それで仕事が終わりと考える刑事も少なくありません。以前、昔の資料をひっくり返して勉強していた時に、たまたまこの事件に関しても見たんですよ。後から誰かが、離婚した事実を挿入していました。ただし、あまり詳しく調べていなかったようで、指名手配の情報にも反映されませんでした」

「それはまずいぞ。問題になる……いや、今それを言っている場合じゃないか」

「はい、責任追及は後でいいと思います」言って、大友はうなずいた。「離婚して子どもを引き取った芳沢は、そのまま逃げ回っていたようです」埋められない空白の時間がある。長多製作所に勤め始めたのは三年前。それまでの三年間はどうしていたのか……幼い子どもを連れて、男一人で逃亡生活を続けるのは大変だったはずだ。しかも途中からは、子どもを学校に通わせなければならなかった。指名手配犯とは違う苗字だったわけで、学校も疑わなかったのか……あるいは協力者がいたのかもしれない。

「ひどい親だな」福田が吐き出すように言った。

「ええ、まあ……」ずれた感想だな、と大友はおもった。「ただ、芳沢はそれだけ、子どもに対して強い愛情を持っていたんだと思います」

「それは分かるけど、父親としては無責任じゃないか？　逃亡生活しながら、きちんと子育てできるわけがないだろうが」

無理だろうな……大友も彼の意見には同意せざるを得なかった。仮に自分が息子の優斗と二人暮らしになったらどうなるか——嫌な想像だったが、絶対に無理だと思う。少なくとも今の仕事を続けていくのは不可能だ。刑事を辞めるか父親を辞めるかと考えると、急に嫌な気分になってくる。

頭を振って、嫌な想像を追い出す。「それで、安斉の方はどうなってるんですか」と福田に訊ねる。

「動きはない。要求は、警察に立ち去れ、ということだけだ」

「無理ですよね」

「パトカーは、奴の目につかない位置に動かしたが……」

「子どもは？」

「今のところは無事だと奴は言ってる。隣の部屋にいる柴が、何度か泣き声を聞いてるから、一応無事なのは間違いないだろう」

怖くて泣いているのか……大友は胸が締めつけられる思いだった。子どもは、本当に些細なことで泣くものだ。しかし今の晃生は、恐怖に支配されて泣いているはずである。そんな状態をいつまでも続けさせてはいけない。

しかし今、交渉の主導権は特殊班が握っている。自分には何もできないのだと思うと、絶望的な気分になってきた。

現場は静かに混乱していた。何も動きがないまま、アパート周辺は規制線で封鎖されていたのだが、近所の人や野次馬が、ぎりぎりの場所まで押しかけて見物している。もっと遠ざけた方がいいのではないか、と大友は歯嚙みした。しかし封鎖範囲が広がれば広がるほど、秩序を保つのは難しくなる。

芳沢の家のドアの前には、特殊班の刑事が二人、張りついていた。そこはブルーシートで覆われ、野次馬の目から隠されていた。説得に集中できるのはいいかもしれないが、ブルーシートの中は気温が上がっているだろう。二人とも背広を脱いでワイシャツ一枚という格好で、時々額の汗を拭っているのが見えた。

何か自分にもできることはないか……大友は焦りを嚙み殺しながら、現場を歩き回った。捜査一課に来てから三年。様々な現場を経験してきたが、これほど無力感を覚えたことはなかった。もちろん、捜査一課といっても係によって仕事の内容は細分化されているから、何でもかんでも手をつけられるものではない。それにしてもこの一件は、最初は自分たちが追いかけていたものである。そして自分たちのヘマで、こんなことになってしまった。責任を取る意味でも、何とか解決法を見出したいのだが……今のところ、自分にできることは何もない。

何げなく規制線の外を見た。相変わらず無責任な野次馬……携帯電話のカメラで、現場を撮影している。最近は現場でよく見かける光景なのだが、あんなことをして何が面白いのだろう。自分が現場にいたことを、誰かに自慢したいのだろうか。

ふと、見知った——今見たばかりの顔が視界に入る。大友は一瞬我が目を疑い、何度も目を瞬かせた。芳沢？　芳沢だ。間違いない。指名手配されている本人だと分かった直後に取り寄せた写真そのままの顔が、大友から十メートルほどのところにいた。背の高い男の野次馬二人の間に割りこむように、自分の家を覗いている。何なんだ……子どもが心配じゃないのかと、大友は怒りがこみ上げてくるのを意識した。

その瞬間、大友の頭にあったのは晃生のことだけで、芳沢の指名手配のことは頭から抜けていた。

耳に突っこんだイアフォンから、静かに、しかし緊迫した声が流れ出す。

『——安斉、投降を示唆』

『会社の社長を呼べと要求』

動き出した。社長を呼べとは……家族もいない安斉が頼りにできるのは、勤め先の人間だけなのか。本気で安斉が投降するつもりなら、これから三十分が勝負だろうと大友は踏んだ。おそらく社長が来て、一声二声かければ、すぐに出て来るのではないだろうか。そうすれば、晁生は解放される。しかしその時、芳沢がいなかったら――。

「どうした」

柴が怪訝そうな表情を浮かべて近づいて来た。説得の主役が特殊班に移ったので手持無沙汰になり、大友と同様、何となく周囲を警戒していたのだ。大友が事情を説明すると、顔色が変わる――蒼白になりながらにやつくという、人間の生理に反した動きを見せた。さりげなく周囲を見回して芳沢の姿を認めると、「さっさとパクっちまおうぜ」と言って歩き出す。大友はすぐに、柴の腕をきつく摑んだ。

「何だよ」

「ちょっと芳沢と話をさせてくれ」

「話？　何の？」柴が迷惑そうに言った。「奴を捕まえれば、さっきの失敗は帳消しになるだろうが」

「馬鹿言うな」大友は思わず声を荒らげた。「それとこれとは別だよ」

「じゃ、どうするつもりなんだ」

「逮捕は後でいい」

「おい――」

柴を振り切り、規制線をくぐって外に出た。芳沢はこちらに気づいていない。大友は人ごみを縫うように彼に近づき、後ろから腕を摑んだ。芳沢が体を震わせて、ゆっくりと振り返る。その顔には、絶望の表情が浮かんでいた。

「ちょっといいですか」

芳沢の表情が消える。顔が強張り、喉仏が上下した。

「警察です」

すべてを諦めたように、芳沢が「ああ」と短く言った。体から力が抜け、逃げ出そうとする気配はない。

「お話しさせて下さい」

「いや、俺は……」

芳沢は、一言で言えば「冴えない男」だった。子どもを連れた逃避行で疲れ切ったのか、実年齢である三十三歳よりもずっと老けて見える。機械を使った仕事を続けているせいか、指には皺が寄り、オイルのせいで爪が黒ずんでいた。髪は後ろに撫でつけているが、額はずいぶん広くなっている。

大友は芳沢の腕を引いて、野次馬の塊から離れた。そうすると、一気に静かになる。

電柱の陰に引きこむようにして彼の姿を他人から隠し、話し始めた。

「芳沢有さんですね」

念押しすると、小さくうなずいた。

「息子さんが人質に取られているのはご存知ですね」

「……ああ」

「まず、謝らせて下さい」

大友は丁寧に頭を下げた。顔を上げると、芳沢が驚いて目を見開いているのが分かる。

「私たちのミスで、こんなことになってしまいました」

事情を簡単に説明する。芳沢は怒りを露わにするのではないかと思ったが、力なく首を振るだけだった。

「いつ気づいたんですか」

「帰って来て……近所の人から……」

「どうして名乗り出て来なかったんですか」

「それは——」芳沢が一瞬だけ声を張り上げる。そんなことも分からないのか、とでも言いたげだった。

「捕まるから、と思ったんですね」

芳沢が静かにうなずく。大友は一瞬、怒りがこみ上げてくるのを感じたが、芳沢の心の動きは極めて普通だ、と思い直した。もしも現場に待機しているパトカーに近づいたり、近くの警察署に駆けこんだりしたら、自分が逮捕されてしまう。そうなったら息子は……しかしその考えには大きなジレンマがあった。下町の片隅でひっそりと隠れるように暮らしてきたのだが、そういう生活は、たまたま遭遇したこの事件でひっくり返ってしまうだろう。子どもを保護すれば、いずれにせよ芳沢の存在は警察に知れてしまう。今度は警察が子どもを人質に取るようなものだ。つまり芳沢にとっては、どう転んでも「詰み」の状況である。

「どうするつもりだったんですか」

「いや、それは……分かりません」

「間もなく晃生君は解放されますよ。犯人が、投降する気になっています」

芳沢が一つ大きく溜息をつき、肩を上下させた。

「それで、あなたはどうするんですか」

芳沢が、自分の腕を摑んだままの大友の手を見た。

「俺は……」

「晃生君と会って下さい」

「しかし……」

彼の頭の中でどんな考えが渦巻いているか、大友には容易に想像できた。一つだけ、確かめる。

「あなたが指名手配されている件……そのことについては、晃生君には話していませんね？」

「ああ……ええ」

「分かりました」

下手をしたら、手錠をかけられる場面を息子が見ることになってしまう。そうでなくても、名乗り出たら、子どもが人質に取られている間に逮捕され、会えなくなってしまう恐れもある。それだけは避けたかったに違いない。

「晃生君が出て来た時に、会って下さい」

「そんな……」

「晃生君、不安だと思います。泣いているのを私も聞きました。こういう時だからこそ、父親の助けが必要じゃないですか」

「しかし……」

「私がきちんと対応します。もちろん、あなたを逮捕しないわけにはいかない。でもそれは、晃生君を出迎えてからにします。まず、晃生君と会って下さい」

芳沢の視線が大友を嘗め回した。疑っている……それは当然だろう。目の前に容疑者がいて、すぐに逮捕しない刑事などいるわけがない。

「私を信用してもらえませんか」

大友の頭には、自分の息子のことがあった。罪を犯せば、家族と引き離される。それは当然のことだし、芳沢にはそれを拒否する権利はない。ただ、金銭的にも追い詰められる逃亡生活の中で、子どもをしっかり育ててきたことは、無視してはいけない。少なくとも、息子に対する芳沢の愛情は本物だ。これから引き離されることになっても、今は息子を慰める権利と義務がある。

いつの間にか、柴が近づいて来ていた。大友はうなずき、芳沢の身柄を彼に預けた。隠れて話を聞いていたのか、柴は眉をひそめて「勝手にあんなことしていいのか？」と短く疑問を発する。

「大丈夫だ」

自信はあったが、報告を受けた福田は渋い表情を浮かべた。面倒な事態の最中に、さらに面倒なことを……と思っているのは間違いない。しかし大友は、自説を強く推した。

「何かあったら、僕が責任を取ります」

「お前一人じゃ、責任は取り切れない」福田は譲らなかった。

「芳沢には、逃亡の意図はありませんよ」

「お前に何が分かる？」

「しかし――」

「やらせてやれ」早くも膠着《こうちゃく》しかけた話し合いは、捜査一課長、福原の一言で終わりになった。

福田が緊張した口調で「いや、それは、課長……」と抗議する。福原は首を横に振っただけで、彼の抗議を却下してしまった。

「逃亡の意図はないんだな」福原が念押しする。

「はい、今も柴が身柄を抑えてます」

「だったら、子どもに会わせるぐらいはしてやれ。様子によっては、子どもと一緒に署に連れていってもいい。まず、子どものショックを抑えないと」

「しかし。課長——」

福田がなおも抵抗して食い下がったが、福原も引かずに、大友に確認してきた。

「それで大丈夫だと、お前は判断したんだな」

「はい」

「だったらやってみろ。ただし、バックアップはきちんとしておけ。指名手配犯を見つけたのに逃がしたら、始末書では済まないからな」

その一言で話し合いは終わりになった。福田はまだぶつぶつと文句を言っていたが、大友はそれを無視して人を集めた。何人かで芳沢を包囲した状態で息子と対面させるのが、一番安全だろう。仮に自分一人でも、芳沢は逃げ出さないだろうと思ってはいたが。

芳沢に事情を説明し、規制線の内側に連れて来る。芳沢は既に覚悟を決めたようで、大人しかった。

イアフォンに、無線の声が流れこんでくる。

『間もなく投降』

『子どもは無事の模様』

『ドア前を固めろ！』

ほどなくドアが開く。がっくりして疲れ切った様子の安斉が最初に出てきた。既に抵抗する気力もなくなっているようで、その場で手錠をかけられて連行される。数人の刑事が部屋の中になだれこみ、すぐに晃生を連れて来た。疲れた様子だったが怪我はないようで、自分の足でしっかり歩いている。大友は安堵の息を漏らし、芳沢の背中を押した。芳沢が「いいのか」とでも問いたげに大友の顔を見たので、うなずきかけてやる。

芳沢は、柴に右腕を取られたままの状態で、ゆっくりと歩き出した。

晃生が父親に気づいて走り出す。柴がすっと腕を離すと、芳沢も駆け出して、抱き着く晃生をしっかりと抱き留めた。

「お前も甘いな」背後から近寄って来た福原がぼそりと言った。

「それは分かってます」

「あの親子に、自分たちの姿を重ね合わせたのか」

「そういうわけじゃありませんが……」条件が違い過ぎる。僕には、でき過ぎの妻もいるのだから。

「ま、今回はそれほど危ない橋を渡ったわけじゃないけどな」福原が大友の背中を叩いた。「今後同じようなことがあっても、慎重にやれよ。犯人がいつも仏になるとは限らない」

「分かりました」

「だったら、いい。今回の件は、プラスマイナスゼロだな」

そうかな……自分はいくつも、小さなミスを犯している。査定する立場としては、点数をつけにくい状態だろう。

しかし今は、そんなことはどうでもいいと思う。まず考えなければならないのは、これから晃生をどうするかだ。父親は身柄を拘束され、離婚した母親が当てになるかどうかは分からない。自分がしっかり見守っていかないと……晃生の戦いは、たった今始まったばかりだ。

隠された絆

9月18日：幼稚園で、優斗が泣かされて帰って来た。しかも女の子に。どうも優斗は、名前の通りに優し過ぎるようだ。何も喧嘩に勝てとは言わないが、強く言うべき時は言わなくては……菜緒にもそう言ったのだが、笑うだけだった。幼稚園の時からそんなに必死になってどうするの、と。必死ではなく、僕としては、周りの子たちと上手く解け合えるように努力すべきだと思っているだけなのだが……子ども同士のつき合いも、いろいろ難しいようだ。

「ひどい張り込みだな、おい」助手席に座る柴克志が文句を言った。

確かにひどい。それは大友鉄としても認めざるを得なかった。土砂降りの雨——それこそ土砂崩れを心配しなければならないぐらいだ。実際、多摩地区のこの辺りは山を切り開いて作った新興住宅地であり、建物の裏には崖のような斜面が迫っている。ここ三日ほど降り続いた雨で地盤は緩んでいるだろうし、そこにもってきて今日はひときわひどい土砂降りだ。

土砂崩れも心配だが、視界が確保できないのも困る。ワイパーは最大のスピードで動いているが、叩きつけるような雨からフロントガラスを守ってはくれない。終始滝のように流れ落ちる雨は視界を悪化させ、張り込みを困難にしていた。さすがに、目の前のドアが開けば、気づかないはずはないが……。

車内の空気は暑苦しく濁っており、フロントガラスが曇りがちになる。時折拭いてやらなければならないのだが、それすら面倒だった。張り込みは既に五日目。三交代制で、大友たちの担当は四回目だったが、時間のずれのせいですっかり調子が狂ってしまった。最初が夜中の十二時から八時までのコース。二回目と三回目が午後四時から十二時まで、四回目の今日は朝八時から午後四時まで——一番ましなパターンだが、体のリズムがずれて何だか時差ボケしている感じだし、雨に悩まされてもいる。

「この前いつ家に帰ったのか、忘れたよ」柴が両手で顔をこする。そう言えば、無精髭がだいぶ目立つ。

「そうだよな……」いや、十八日には帰宅したはずだ。菜緒から、息子の優斗が泣かされて帰って来た話を聞いたのだから。それを日記に書いた記憶もある。今日は二十三日。ということは、あれからずっと家に戻っていない？　体に降り積もった疲れを意識しながら、大友は首をゆっくりと振った。せめてもの慰みにと携帯を開き、待ち受け画面で微笑む菜緒と優斗の写真を眺める。一瞬だけ気持ちが緩んだ。

「また家族の写真を見てるのか？　好きだねえ」からかうように柴が言った。

「何か問題でも？」

「問題はないけど、よく飽きないな」

「お前も、結婚して子どもができれば分かるよ。他のことは、全部犠牲にしてもいいな」

「まったく、お前がこんなマイホームパパになるとは思わなかったよ」

「マイホームパパとは言えないと思う。ろくに家族サービスもしてないんだから」

「あーあ」柴が溜息をついて、後頭部に両手をあてがった。「実際、捜査一課は人使いが荒過ぎるんだよな。こんな単純な張り込み、所轄の連中にやらせておけばいいのに」

「いや、僕たちの獲物だと思うけど」

「まあな。でも、もう事件は終わったようなもんだよ。あとは捕まえるだけなんだから」

　その「捕まえる」が簡単にいかないから困っている。

　大友は手帳を日記代わりに、まめに記録を残しているのではっきり分かるのだが、八《や》木《ぎ》孝義《たかよし》が殺人事件の犯人と断定されたのは、ちょうど一週間前の午後四時だった。事件自体は、芝に言わせれば「ちんけなもの」である。些細なことからホストクラブの先輩と口論になり、いきなり刺した——多少の計画性は認められるが、極めて衝動的な犯行だったのは間違いない。

単純な事件故に、最初はすぐに捕まると思っていたのだが、行方については未だに何の手がかりもないまま、時間だけが過ぎていった。特捜本部の中には、犯人を割り出せればそれで仕事は終わりと考えている刑事もいるのだが、大友はそんな風に割り切れない。指名手配しただけで満足してしまってはいけないのだ。実際に逮捕し、取調室でしっかり対峙して自供させてこそ、刑事としての役目を果たしたと言うべきではないのか。

――それが持論とはいえ、いつ来るか分からない相手を待って張り込むのは疲れる。

大友たちが張り込んでいるのは、八木の愛人、大沼祥子《おおぬましょうこ》の自宅マンションだった。三十歳、ずっと保険代理店で働いていたのだが、八木が指名手配されて以降は、仕事を休んで家に閉じこもっている。いや、正確には閉じこもっているわけではなく、毎日スーパーに買い物に出かけるのだが、八木と接触している気配はなかった。既にこの家で事情聴取を行い、八木が隠れていないことも確認している。

それでも、逃亡中の八木が頼るとしたら、彼女しか考えられない。そういう判断で、二十四時間のマークが始まっていた。

「八木も、下手打ったよな」柴がぽつりと言った。

「ああ、殺さなくてもいい相手だったと思う」

「だろう？　人間、かっとなると損するだけだよな」

教訓めいた柴の台詞に、大友は思わず吹き出した。柴がむっとした口調で、「何がおかしいんだよ」と訊ねる。

「お前がそんな台詞を言うのは変だ。自分だって、いつもすぐ怒るくせに」

「ま、俺も修行が足りないということですよ」柴がどこか諦めたような口調で言って、身を乗り出した。ダッシュボードに置いたタオルでフロントガラスを拭い、視界を確保する。「しかし参ったな。秋の長雨にはちょっと早いと思うけど」

「しょうがない。天気には勝てないし」大友はハンドルを抱えこんだ。どうにも冴えない……こういう動きのない張り込みは、一番疲れる仕事だ。

やがて雨が小降りになってきた。そのタイミングを待っていたように、祥子の部屋――一〇三号室――のドアが開く。祥子が天を仰ぎ、すぐに傘を広げた。顎の尖った細長い顔つきのせいか、いつも厳しい表情を浮かべているように見える。実際、愛人が行方不明なので嫌な気分ではあるのだろうが。白地に紺のボーダーの長袖カットソーに、脹脛《ふくらはぎ》の半ばまであるスカート、そしてスニーカー。どことなく野暮ったい格好で、しかも地味な感じがした。生活に潤いがなさそうなタイプである。おそらく唯一の潤いは、八木の存在だったはずだ。

「いつもの買い物かな？」柴がぽつりと言った。

「だろうね……つけるぞ」大友は少しだけほっとしていた。ずっと座っているだけの張り込みは、腰にダメージを与える。たまには体を動かしたくなるのだ。体を捻って、後部座席に置いた傘を取り上げ、ドアを開ける。さっと吹きこんできた雨が、スーツのズボンを濡らした。

「俺は後から行く」柴がのんびりした声で言った。

「了解」

大友は傘を目深にさしかけた状態で歩き始めた。これで祥子からは顔が見えないはずである。だいたい彼女は、自分が監視対象になっているとは思ってもいないだろう。愛人というと、男から受け取った金で生活しているような印象があるが、彼女の場合はきちんと自活している。これまでの調査では、むしろ八木の方がヒモのような生活をしていたようだ。

歩き出してすぐ、靴に水が染み始めた。靴下が濡れて鬱陶しいことこの上ないが、文句を言っていても仕方がない。菜緒が替えの靴下を持たせてくれていたのが救いだった。しかしこの靴下、いつ受け取ったのだろう……本当に、毎日の生活のペースが乱れてしまっている。捜査一課で事件の渦中にいれば当然なのだが、妻と息子に対しては本当に申し訳なく思う。かといって、仕事に入っていればそれに集中し、家庭のことは忘れてしまいがちだ。人間は、実にうまくできている、といつも感心する。もちろん、菜緒の気遣いがあってこそのことだが。

頭の中でデータをひっくり返す。

大沼祥子、三十歳、栃木県出身。高校を卒業後上京し、短大を出てから様々な仕事を転々とした。自宅近くのバーで八木と知り合った時には、保険の代理店勤務。そこに勤めて既に三年目で、仕事は安定していた。保険の営業をするには地味なタイプでは、と大友は思っていたが、仕事は事務所の内勤らしい。

一方八木は、今年二十九歳。東京生まれだが、高校時代から生活が荒れ始め、実家を飛び出した。高校はそのまま中退、歌舞伎町のホストクラブで働き始めたが、そこでも様々な問題を起こして店を何度も変わった。そのうち業界内に「要注意人物」としてお触れが回り、どこの店でも彼を雇わなくなった。ホストとしての成績は悪くなかったようだが――女性に対してはマメなのだ――何分にも性格が粗暴で、仲間のホストとしょっちゅうトラブルを起こしていた。祥子と知り合った時は失業中だったが、ホストとしてのテクニックで祥子を籠絡、彼女を金づるにして、何とか生きてきたらしい。

よくある話だ。何度も仕事を変わった祥子には、東京で濃い人間関係ができなかったらしい。勤務先の人間に参考として話を聴いたのだが、ずっと仕事が終わると真っ直ぐ家に帰るような生活を続けてきたらしい。それが最近、妙に明るくなり、事務所内での会話も増えた。同僚に「今日、デートなんだ」と打ち明けることもあったという。ホストクラブに縁などなかった祥子は、八木の女性のあしらいに参ってしまったようだ。

今回の事件は、歌舞伎町のホストクラブ時代の先輩と八木との間で起きたトラブルが原因だった。八木は、このまま祥子にずっと食わせてもらおうとは思っていなかったようで、仕事を斡旋《あっせん》してくれるよう、この先輩に頼みこんでいた。具体的には、業界に回った「お触れ」を取り消してもらうよう、頭を下げに行った。やはりこの世界でしか生きていけないと思っていたのだろう。

しかしこの先輩は、異常に生真面目な男だった。ホスト業界にはホスト業界の仁義とルールがあり、それを何度も破った八木は、もはや受け入れられる存在ではなかった。「諦めて他の仕事を探せ」とにべもなく言い、それが八木の凶暴さに火を点けてしまったのだった。先輩の跡をつけ、店に戻ったところで——かつて八木自身も勤めていた店だった——いきなり背後から刺した。ナイフを持ち歩いていたのは、「何かあったら」と既に覚悟を決めていたからだろう。これは「計画性」の立証に関して、大きな要素になる。傷は肺に達し、この先輩は翌朝、死亡した。

刃物を懐に忍ばせて頭を下げに行く男——滅茶苦茶だ、と大友は歩きながら首を振った。

現場を去った八木の行方は、ようとして知れなかった。目撃者も多く、以前からのトラブルの問題もあり、八木が犯人だと早い段階で断定されたのだが、それでも捜査網に引っかかってこない。

悪い男に出会ったよな、と大友は祥子に少しだけ同情していた。しかし事情聴取を担当した時には、あまりにも淡々とした態度に違和感を抱いたものである。八木とつき合っている事実は認めたものの、事件を起こしたことに関しては「残念です」と言うだけだった。つき合っている男が人を殺したら、もっと動揺するのが当然だと思うのだが……。

歩道の水溜りを踏む祥子のスニーカーを見ながら、大友はぼんやりと考えた。もしかしたら、八木を食べさせる生活にうんざりして、別れを考えていたのかもしれない。それならこの事件はいいきっかけだ。相手が刑務所に入ってしまえば、別れるタイミングとしては最高である。

五分ほど歩いて、祥子はいつも通うスーパーに入った。昨日も同じぐらいの時間に外出した、という報告を思い出す。買い物は毎日行かなければならないものだろうか……こんな雨の日には、できれば外出したくないはずなのに。

野菜売り場から肉売り場へ、慣れた感じでカートを押しながら歩いて行く祥子の跡を追いながら、大友はぼんやりと考えた。八木はいったい、どこへ消えたのだろう。祥子と連絡は取っているのか……取っていない可能性が高い。八木の携帯の電源は落とされたままなのだ。あと、考えられるとしたら、ネットカフェなどからウェブメールを使って連絡を取る方法だが、そこまでは追跡しきれない。

彼女の電話やメールを監視できればいいのだが、それは現段階では違法である。祥子が八木の逃亡を手助けしている証拠はないので、あくまで共犯扱いはできないのだ。今回の事件はほぼ突発的なものであり、祥子は事件が起きるまで何も知らなかった可能性が高い。こうやって見張り、八木から直接接触がないか調べるぐらいしか、できることはない。

祥子は玉ねぎ、ジャガイモを籠に放りこみ、精肉のコーナーでは豚肉を吟味していた。カレーでも作るのだろうかと大友は想像したが、他にカレーに必要な材料を買うこともなく、あとは細々した商品を籠に入れて、すぐにレジに向かった。大友は先にスーパーの外に出て——雨がまた強くなっていた——彼女が出て来るのを待った。出て来た祥子は、小さめのエコバッグをぶら提げている。雨を眺めて鬱陶しそうな表情を浮かべ、右腕を左手で擦った。雨のせいで、カットソー一枚では少し辛い陽気である。

傘を広げると顔が隠れる。少し離れた場所を歩いて行くのを見送ってから、大友は尾行を再開した。いつも通りならこのまま家に戻るのだが……祥子の辞書に「寄り道」という文字はないようだった。柴が近づいて来て、「いつもの買い物みたいだな」とぽつりと告げる。

「ああ」

「何考えてるのかね。何で普通にしてるんだろう」

「普通ではないと思うんだ」実際に会ってみて、彼女があまりにも静かなのに違和感を抱いた。しかしその一方で、会社を休んでいるのは、ショックを受けている証拠だと思う。知り合いが犯罪にかかわると、人間はしばしば不条理な行動を取りがちになるのだが。

「ま、確かに変な感じではあるな」柴が肩をすくめる。「帰りは俺が前を行く」

「了解」

二人で尾行する時、並んで追うことはまずない。それだと目立ってしまい、尾行される側に気づかれる可能性が高くなるからだ。前後して追跡するか、一人は道路を挟んだ反対側の歩道を歩くのが一般的である。

大友はスーパーの前の道路を渡り、斜め後ろの位置につけた。雨脚はまた激しくなっており、ともすれば祥子を見失いそうになる。柴は、十メートルほどの距離を置いて尾行を続けていた。しかしこの雨だったら、ここまで気を遣う必要もないのでは、と大友は思った。祥子も濡れないようにするので精一杯で、背中を丸め、傘を前方にさしかけている。後ろを気にする余裕などあるまい。いつもよりずっと速足で、真っ直ぐ家に向かっている。一刻も早く家に着いて、濡れた服を乾かしたいだろう。

しかし何故か彼女は、スーパーの近くにある公園に立ち寄った。柴はそのまま公園に入って行ったが、大友は外から祥子の姿を確認することにした。彼女は、大きく枝を広げたイチョウの木の下に佇んでいる。多少は雨粒が防げるが、それでもイチョウの葉をすり抜けてきた大粒の雨が傘を激しく打っているのが見える。

意味が分からない……何故公園に立ち寄る必要があるのか。もしかしたら、ここで八木と落ち合う約束になっている？　大友はにわかに緊張感を高めた。

しかし祥子が気にしていたのは、猫だった。大きなケヤキの木の下で、子猫がうずくまり、震えている。祥子は猫に近づき、その前で跪《ひざまず》いた。雨のせいで聞こえなかったが、子猫が口を開け、啼いたのが分かる。連れて帰るべきかどうか、祥子は迷っている様子だった。大きな枝の下にいるので直接雨はかからないのだが、こんな小さな猫が、この先生きていくのは難しいだろう。祥子はエコバッグに手を突っこんでがさがさやっていたが、やがて諦めたように立ち上がる。餌をやろうとしたのだが、子猫が普通に食べられそうなものは入っていなかったということか。

その場にいたのは、三分ほどだった。ゆっくりと立ち上がると踵を返し、大友の方に向かって来る。歩きながら、財布に何か入れているのが見えた。慌てて植え込みの陰に身を隠し、彼女が通り過ぎるのを息をこらして待つ。後を追って来た柴が、大友にちらりと視線を投げて首を横に振る。訳が分からない——分からないのはこっちも同じだ、と大友は思った。

事態は動かなくなった。祥子は翌日も、その次の日も同じ行動パターンを繰り返すだけ。八木が姿を見せる気配はなかった。

「この前のあれ、何だったんだ？」

またもや柴と組んでの張り込み。突然の柴の疑問が何だったか、大友にはすぐに分かった。何故公園に立ち寄った？　繰り返される同じような日常の中で、あれだけがおかしな行為だった。

「もしかしたら、公園で八木に会う約束をしてたんじゃないか？」大友が考えていたのと同じことを柴が口にする。

「どのタイミングで？」大友は訊ねた。「あの二人は、そういう打ち合わせをしている気配はなかったはずだ」

「そうだよなあ……」柴が拳を顎に押し当てる。「だったら何だ？　気分転換？」

「この雨だったら、悪い方に気分が流れそうだけど。しかも、子猫を連れて帰るかどうか、迷ってたし」

「ああ。動物は困るよな……しかし、いいところあるじゃないか。基本的に、動物を可愛がる人に悪い人間はいないよ」

「それはちょっと、単純過ぎる分析じゃないか」

「俺の豊富な経験だと、そうなんだ」柴が後頭部に両手をあてがった。体をぐっとシートに押しつけ、前方のマンションを凝視する。すぐに携帯電話が鳴り出し、舌打ちしてワイシャツのポケットから引っ張り出す。「管理官だ」

「何かあったかな」大友は気楽に構えていた。この事件の指揮を執っている管理官の小柳《こやなぎ》は、神経質な男なのだ。こういう張り込みでも部下に任せきりにしないで、しきりに電話をかけてくる。何かあれば連絡します、と言っても、耳に入っていない様子だった。

「はい、柴です。はい、ええ……は？　マジですか？」柴が思いきり背筋を伸ばした。

「間違いない？　身柄は抑えたんですね？」

「どうした？」大友も、「身柄」という言葉には敏感に反応した。今、「身柄」といえば八木のことしか考えられない。

柴が蒼い顔でうなずき、大友に向かって右手を突き出した——ちょっと待て。

「はい、ええ、分かります。成田？　成田って、空港ですか？　え、いや……はい、当然ですよね。分かりました。こっちの張り込みはどうしますか？　中止……分かりました。すぐ特捜本部に戻ります」

電話を切った柴が、「マジかよ……」と力なく言った。

「どういうことなんだ？」

「韓国に出国しようとしたところで、すぐに分かったらしい」

「どういうことだ？」

「どうもこうもない。国外逃亡を図って見つかった、それだけのことだろう」柴が不機嫌に言って、携帯をポケットに落としこんだ。

「ちょっと待てよ。パスポートは？」

「ああ？」

「奴は、パスポートを持って逃亡してたのか？」

「いや、それは……」柴が拳で顎を拭った。「おかしいな」

「奴の家には、徹底的にガサをかけたじゃないか。パスポートは出てこなかった。とすると、事件の時にはもう、パスポートを持ってたってことになるんじゃないか」

「そうなる、かな……」柴が自信なさげに言った。「事件の後、奴が家に戻った形跡はないしな」

八木のマンションはオートロックで、出入りのログが残る。調べた結果、八木が事件の後は一度も部屋に戻っていないことは分かっていた。

「そうだとしたら、完全に計画的な犯行だったことになる。情状の点で不利になるな」

「なあ、もしかしたら大沼祥子が持ってたってことはないか」柴が指摘する。

「そうか……二人は今年、一緒にグアムに行ってるな」

「彼女に預けておいたとか……いや、それはおかしいか。二人は接触してないはずだし」

「とにかく、特捜本部に戻ろう。本人は逮捕されたんだから、パスポートの件も別に問題にはならないだろうし」

そう、重要な問題ではない。しかし謎は残る。それが自分の心に引っかかるであろうことは、容易に予想できた。

小柳は上機嫌だった。時間はかかったが八木を拘束できたのだから、ほっとしているのだろう。笑顔で二人を迎えると、「ご苦労さん」と労《ねぎら》いの言葉をかけた。大友は頭を下げたが、釈然としない気持ちに変わりはなかった。

逮捕時の状況を聞くと、八木の迂闊な行動が明らかになった。パスポートは本人のもの。それ故チェックイン時にすぐに身元が判明し、千葉県警に身柄を拘束された。その際には、特に抵抗する様子も見せなかったという。

「まあ、馬鹿な男だな」小柳が簡単に総括する。「自分が指名手配されていることも知らなかったのかね」

「そうですね……そんなことはないと思いますけど」大友は曖昧に返事をした。

「何だ、何か気に食わないのか」

「そういうわけじゃないんですけど、パスポートはどうしたんでしょう」

「何か問題か？」

「いや……問題ではないかもしれませんが、八木はどこでパスポートを手にいれたんでしょう。家には戻っていないはずですよね」

「ああ、そういうことか……」小柳が顎を撫でる。「女か？」

「いや、大沼祥子は絶対に八木に接触してないですよ」柴が即座に反論する。「郵便を出したり、宅配便に荷物を預けたりしていないのは確認しています。誰かと会った形跡もありません。基本、家に閉じこもっているか、スーパーに行くか、それだけですから」

「まあ、あまり気にすることはないかもしれないが……」小柳が首を捻る。

「いや、気になりますね」大友は言った。「後々問題になるかもしれませんよ。もしも大沼祥子がパスポートを渡していたとしたら、共犯になるでしょう」

「まあ、そうだな」渋々といった感じで小柳がうなずく。

「八木の取り調べの方、どうなってますか？」

「今、内島《うちしま》が担当してる。素直に喋ってるようだな」

「ちょっと割りこんでもいいですかね」

「ああ。内島が臍《へそ》を曲げなければ」

大友より五歳ほど年上の内島は、いろいろと難しい男だ。自分の仕事に首を突っこまれると、途端に機嫌を悪くする。特に取り調べには自信を持っているから、調べの最中に顔を出したりしたら、「邪魔するな」と怒鳴りあげられるかもしれない。

しかし、気になることは放置しておけない。これぱかりは性格だから、どうしようもないのだ。

ドアを開けると、こちらに背中を向けていた内島が素早く振り向いた。その顔があまり緊張していないのを確かめてほっとする。おそらく、取り調べは上手くいっているのだ。

「何だ」

しかし口調は素っ気ない。大友は精一杯の笑みを浮かべて「ちょっといいですか」と呼びかけた。

「急ぎか」

「まあ、急ぎです」本筋には関係ないかもしれないから、「急ぎ」というのは嘘になる。だが、疑問の解決を先送りするわけにはいかなかった。

内島が席を立ち、取調室の外に出る。ドアを閉めると煙草をくわえ、香りを楽しむように深く息を吸いこんだ。ここでは当然、吸えないのだが。

「パスポートはどうしたんでしょう」

「ああ?」内島が乱暴に口から煙草を引き抜く。

「国外に脱出しようとしたんだから、当然パスポートを持ってたんですよね」

「だからばれたんだろうが。何を当たり前のこと言ってるんだ」怒ったように内島が吐き捨てる。

「普通の人間は、パスポートを持ち歩きませんよね」

「そりゃそうだ」

「だったらこの件は、最初から計画的だったんですか？」

「何だ、そりゃ」内島は事情が呑みこめていない様子だった。この男は粘り強さでは定評があるが、発想の「飛び」がない。一つずつ数を数えるように、一歩ずつ解決へ向かって行くやり方しかできないのだ。

「最初から相手を殺して国外に逃亡するつもりだったら、パスポートを用意していてもおかしくないと思います。でも八木は元々、先輩から仕事を斡旋してもらうつもりでいたんでしょう？　殺してしまったのは、アクシデントみたいなものじゃないですか」

「アクシデントというけど、ナイフを持ち歩いてるんだから、それだけで問題だぜ。元々計画性があったということだよ」

そこは論点が違うところなのだが……大友は内島に理解させるために、自分の頭の中で素早く事情を整理した。

「八木は、どこかでパスポートを手に入れたんですよね。でも事件後、自宅には戻っていない。それにガサをかけた時も、パスポートは見つからなかった。となると、誰かが預かっていたパスポートを受け取ったと考えるのが自然でしょう」

「共犯か……」内島が顎を撫でる。

「ええ。逃亡を補助したことになりますよね。その人間は逃がしたらいけないと思います」

「そりゃそうだな。で、お前は誰だと思ってるんだ」

「大沼祥子」

「だったらそっちはどうする？　女性担当のお前が調べるか」

「僕は別に女性担当じゃないですけどね」大友は苦笑した。被害者・加害者問わず、何故か女性の調べが多く回ってくるのは事実なのだが。「その前に、八木に話を聴けませんか？」

「それは俺がやる」

そうくるだろうと思った。内島は、自分の仕事を絶対に手放さない男である。縄張り意識が強いというか、子どもっぽいというか。

「分かりました。だったら内島さん、ちょっと訊いてもらえますか？　俺も中に入らせてもらえれば……」

「口を出すなよ」

忠告しておいてから、内島がドアを開けた。大友はさっと頭を下げてから取調室に足を踏み入れる。

八木は体の前に両手を垂らし、背中を丸めただらしない格好で座っていた。光沢のある茶色いシャツのボタンを二つ外し、胸元の太い銀色のチェーンを見せつけている。長い髪は無造作にワックスで流し、常に風に吹かれているような髪型にしていた。この髪をセットするのに、ワックスをどれぐらい使うのだろう、と大友は不思議に思った。細長い顔にこけた頬。あまり健康的には見えないが、店の弱い照明の下では、女性にとっては魅力的に見えるのかもしれない。

大友をちらりと見たが、関心なさそうに溜息を零しただけだった。どうやら敵は、目の前に座る内島一人と判断しているらしい――いや、敵ではないか。大友は、八木の目に宿る弱気な光にいち早く気づいた。恭順。おそらく、既に完オチしているのだろう。国外逃亡まで図っておきながら、ずいぶん簡単に諦めるものだ。

「ちょっと一つ、確認させてくれ」内島が切り出す。「パスポートはどうした」

「パスポート？」八木が首を捻る。

「国外逃亡しようとしたらパスポートが必要だろうが。ずっと持ってたのか」

八木は答えなかった。それほど難しい質問ではないと思うのだが……八木の様子を観察していた大友は、ふいにこの件が事件の核になるかもしれない、と意識した。誰かの助けを受けたと白状すれば、その人間を巻きこむことになる。この男は、そこまで悪人ではないのかもしれない。

「どうした？　言えない話じゃないだろう」

「いや、別に……」

「別に、何だ？」内島の声が早くも尖り始めた。ここまでは容疑者と友好的な関係を築いてきたはずだが……そういうことをあまり重視しないタイプなのかもしれない。脅しつけておけばそれで済む、と雑な取り調べしかしない刑事は確かにいる。

「いや、何でもないです」

「だったら話せよ。パスポートはどうしたんだ」

「それは……特に話すこと、ないです」

「ふざけるなよ、おい」内島はいきなりギアを切り替えた。「何で話せないんだ？　誰かを庇ってるのか」

「いや、そうじゃないです」

「お前、何様のつもりだ？　人殺しをするようなクズ野郎が誰かを庇っても、誰も褒めてくれないんだよ。女か？　お前の女が逃亡を手助けしてたのか？」

八木は黙りこんでしまった。不貞腐《ふてくさ》れた態度ではないが、うつむき、唇を一文字に結んで、絶対に喋らないと強い意志を見せている。内島が広げた両手をテーブルに叩きつけて脅しをかけたが、まったく動じる気配がない。

「ちょっと不思議なんですけどね」大友は思わず割って入った。

「おい、テツ――」

「我々は、大沼祥子さんをずっと監視していたんですよ」頭に血が昇った内島の声を無視して、大友は話をつなげた。「当然、あなたと接触していれば分かったはずです。一方で、彼女はどこかに何かを発送した形跡もない。大沼さんがあなたのパスポートを預かっていたとしたら、どうやって渡したんでしょうね」

「さあ」うつむいたまま八木が言った。

「ここ、重要なポイントですよ。あなたが大沼さんを庇う気持ちは分からないでもないですけど、犯罪は犯罪です」

「知らないね」依然として顔を上げようとしない。

何だ、この素っ気ない態度は……自分の犯行は認めるにしても、祥子は巻きこみたくない、ということだろうか。ホストの矜持なのか？　その心理状態は、大友には理解できないものだった。

内島が厳しい視線を向けてきた。大友は肩をすくめ、取調室を辞去した。パスポートの件は気になるが、本筋の取り調べを邪魔してはいけない。

しかし、気になる……八木本人にもう一度直当たりするのは後回しだが、こちらでできることをしておかなければ。

「何か隠してますね」大友は小柳に報告——自分の印象を述べた。

「というと？」小柳はあまり興味がなさそうだった。

「素直に喋っていたようなんですが、パスポートの件になると急に態度が曖昧になりました」

「まあ、そうかもしれないけど、取り敢えず本筋には関係ないだろう？」

「しかし、共犯が……」

「まあまあ、焦るなよ」小柳は何故かにやにや笑っていた。「お前の威力は、女性には通用しても野郎には通じないってことじゃないか」

「そういうことではないと思いますが」

「ま、気になるなら調べてみればいいじゃないか」小柳が傍らの新聞を引き寄せた。既に事件解決、後は調書をまとめるだけ、という感じになっている。本当は、犯人逮捕から起訴に至るまでの、ここから二十日間強が大事なのだが。

管理官がこんなことでは、肝心なことを見逃してしまう。一礼して小柳の元を去ったが、とても納得できなかった。

特捜本部を出ると、どこに隠れていたのか、柴がすっと近づいて来た。

「どうするよ」

「話、聞いてたのか？」

「俺に隠し事しようとしても無駄だぜ」柴がにやりと笑う。「パスポートの件、本気で調べるつもりだな？」

「ああ。共犯を割り出すのは大事だ。それこそ、僕たちの本筋の仕事だと思う」

「奴がずっと、肌身離さず持っていた可能性はないのか？」

「ない」大友は断言した。「それだったら、そう認めればいいだけの話じゃないか」

「そうかねえ」柴が顎を撫でた。「最初からパスポートを持って逃げていたとしたら、計画的な犯行と見なされる可能性が高い。そうしたら、情状の点で問題になるだろうが」

「それが常識なんだけど、八木はそこまで計算できるほど、知恵が回る人間じゃないと思う。だいたい、ナイフを持ち歩いていたこと自体、滅茶苦茶じゃないか」

「お前も案外ひどいことを平気で言うね」柴が両手を広げる。「奴はそんなに頭が悪そうなのか？」

「こと女性問題に関しては、天才的な才能を発揮するかもしれないけど、他のことはどうだろう」

「まあ、ホストだから、女に強いのは当然かもしれないけどな」

二人は並んで歩き出した。これからやる仕事は、特捜本部の枠組みの中に収まらない

――いや、共犯を捜すのは大事な仕事ではあるのだが、命令を受けたのでない以上、「勝手にやっている」と判断されて当然である。叱責を受けても仕方ない。

それでもやらなければならないのだ。


大友はまず、祥子に面会を求めた。彼女には既に、八木が逮捕されたという情報は知らされていたが、態度に目立った変化はなかった。緊張させないために、警察でも彼女の自宅でもなく、自宅近くのファミリーレストランで話を聴いたのだが、これなら警察に呼んでもよかった。環境を変えてプレッシャーをかけた方が、本当のことを言う気になったかもしれない。

話が転がらないまま、コーヒーが冷めていく……祥子の顔色はいつにも増して蒼白く、体の具合が悪そうにも見えた。しかし低い口調は一定しており、感情に揺れは読み取れない。

「あなたは、八木さんのパスポートを預かっていませんでしたか？」

「ええ」

「二人でグアムに行きましたよね？　その時に預かったんですね？」

「そうです」

「あなたは、八木さんとは夫婦みたいなものでしょう」

「違います」祥子が即座に否定した。

「でも、あなたはずいぶん八木さんに……入れこんでいた」本当は「貢いでいた」なのだが、ダイレクトな表現が彼女を傷つけるのを恐れ、大友は言葉を選んだ。「大事な恋人じゃないですか。助けようとするのは当然だと思います」

「私には関係ありません」

「関係ないわけがないでしょう。あの事件が起きた日にも、あなたは八木さんと会っているんですよ」

「それとこれとは関係ありません」

「八木さんが海外へ逃亡するのを助けようとしたんじゃないんですか」

「そんなことはないです」

早くも手詰まり……大友は、他人が自分を評して「羨ましい」というのをよく聞く。「お前の前に出ると、誰でも勝手に喋り出すからな」。それが無責任な噂に過ぎないのは、この状況を見ても明らかではないか。

「今回、どうやって八木さんと接触したんですか」

「してません」

「だったらどうして彼はパスポートを持っていたんですか？　あなたの家から盗んでいったんですか？」

「そんなこと、私は知りません」口調は淡々としていたが、内心の怒りが滲み出るのが分かった。

「あなた以外に知っている人はいないと思います。それに、八木さんが接触できる人も他にはいなかったはずです」

「そんなことは、八木さんに聴いて下さい。私は何も知りませんから」

祥子がトートバッグを摑んでいきなり立ち上がった。有無を言わさぬ強い態度であり、大友は引き止める言葉を失っていた。

彼女が大股で店を出て行くのを見送った後、柴が呆れたように「あれはひどいね」と言った。

「疑われてるんだから、ああいう態度になるのは当然だと思うけど」

「本音を隠すために、あんな風に素っ気なく振る舞う人もいるよな」

「ああ」

「やっぱり八木を庇ってるんじゃないかな」

「だとしたら、こんな風に証拠がない状態で突っこみ続けても、喋るとは思えない」

「そういうのは、お前が何とかしないと駄目じゃないか」柴が大友を肘で小突いた。

「お前の得意技だろう？」

「そうだけど……」大友は、こういうことでは珍しく弱気になっている自分を意識した。

あそこまで強く気持ちを閉ざされてしまうと、こじ開けるのは一苦労である。

「で、どういう手を使う？　時間を置いてまた話を聴くか？」

「そうするけど、その前に外堀を埋めておきたいんだ」

「どうやって」

「彼女が本当に八木と接触していなかったかどうかを確認しないと。接触というか、パスポートを渡す機会がなかったかどうか」

「ま、そうだな」どこか白けた口調で柴が言った。これがこの男の特徴なのだ。熱しやすく冷めやすい。最初はぐいぐい身を乗り出してきても、話が動かないと急にそわそわし出し、目があらぬ方を向いてしまうのだ。「そういう機会は……やっぱりなかったと思うけどね」

確かになかった。少なくとも警察が把握している限りでは。祥子の監視を担当していた刑事たち全員に話を聴いたのだが——犯人逮捕で全員弛緩しきっていた——祥子が家を出たのは、やはりスーパーに買い物に行く時だけだったという。郵便を出したり、宅配便を使ったりしなかったのも確認されている。

見逃しは……ない。仲間を信じられなくなったらおしまいだ。

「ポイントは二つだよ」柴が疲れた声で言った。「八木が事前にパスポートを持ち出していたら、計画性があったことになる。大沼祥子が何らかの方法でパスポートを渡したら、彼女は共犯ということになる。どっちにしても、八木には好ましくない状況だな」

「ああ」特捜本部の片隅でだらしなく椅子に腰かけたまま、大友はぼんやりと答えた。あっという間に状況が手詰まりになり、ただ「納得できない」という気持ちだけで動き回っているせいか、妙に疲れてきた。

「どうするんだよ」柴の声にも疲れが滲んでいる。

「何かヒントがあると思うんだ、ヒントが……」

「正直言えば、俺はこういうのが嫌いだね」柴が肩をすくめる。

「こういうのって?」

「トリックじみた話。そんなことを考える余裕がある犯罪者はいない。小説とか映画の中だけの話だよ」

「でも、人間、追い詰められると思いもかけない知恵が出るからね」

「八木がそんなタイプだとは思えないけど」

「だったら、彼女の方かもしれない」

「ああ……まあな」柴が指先をいじった。「しかし、釈然としないな。お前の推理はどうなんだよ」

「八木は国外逃亡を企てた」大友は考えながら口にした。「そのためにはパスポートが必要だ。何らかの方法で大沼祥子と連絡を取り、パスポートを受け渡しするための何らかの方法を考えた……」

「一つの文脈で『何らか』を二回も使うなよ」柴が溜息をついた。「今回はお前、冴えないな」

「分かってる」

特捜本部の弛緩した雰囲気が、急に引き締まった。大友は無意識のうちに出入り口に目を向け、その理由をすぐに悟った。捜査一課長の福原がやってきたのだ。一課長は常に特捜本部に詰めるわけではなく、現場の指揮は管理官や係長に任されているが、ポイントになる時には顔を出し、方針を指示していく。今回は——「ご苦労さん」を言うために来たのだろう。何かと厳しい福原の指導を受けるのはきついが、こういう時だけはほっとする。犯人は無事逮捕、取り調べに対して否認もしていない。あとは傍証を固めるだけ——今回もその線に乗って特捜本部は動いている。ただ自分だけが、他の人間がさほど気にもしないポイントに引っかかっているだけだ。

福原は、小柳と何か話し合っていた。それほど細かい打ち合わせではないだろうと想像できる。大筋は既に、電話で報告を受けているはずだ。簡単に話をして、後は夜の捜査会議で刑事たちに訓示をするのだろう——得意の名言めいた台詞を盛りこんで。部下が時々失笑していることには、気づいているのだろうか。

打ち合わせをあっさり終えた福原が、大友の方へ歩いて来た。大友は慌てて立ち上がり、一礼して福原を出迎える。

「また、細かいところに引っかかってるそうだな」

「すみません。性分なので」大友はまた頭を下げた。

「ま、構わないが、やるなら徹底してやれよ」

「分かってます」分かっていなかったが、つい反応してしまう。

「中途半端は一番よくない。疑問に思ったことがあったら、直接事件に関係なくても放り出すな」

「……分かりました」

福原が大友の顔を一瞬凝視して、にやりと笑った。肩を軽く叩くと、何故か低い笑い声を漏らしながら部屋の前方へ戻って行く。不思議と、心に残ったしこりが解《ほぐ》れたように感じた。これが福原という男の不思議なところで、優しげな表情や台詞がないのに、どういうわけか人の心を解してしまう。

「課長に言われたんじゃ、やるしかないな」柴がぼそりと言った。

「ああ」

「どっちにしろ、今日は会議が終わったら店じまいだ。明日から巻き直しにしようぜ」

やっと家に帰れるわけか……しかし、妻と息子に元気な自分の姿を見せられないと思うと、申し訳ない限りだった。

ようやく家に帰り着いたが、優斗はとうに寝ついている。既に午後十一時なのだ。最近、張り込みばかりの生活で、優斗と話す機会がない。寝顔だけでも拝んでおこうと思ったが、優斗がのそのそと起き出してリビングにやって来た。

「どうした？　トイレか？」

優斗が目を擦りながらうなずく。もう五歳だから、トイレの面倒など見る必要もないのだが、何となく連れて行き、終わってから手を洗わせる。冷たい水に触れたせいか、急に優斗の意識が鮮明になった。

「今日、幼稚園で、似顔絵書いたんだ」

「誰の？」

「パパの」喜色満面で親指をぐっと立てて見せる。

こんな仕草、どこで覚えたんだろう？　しかし絵は、五歳児らしい抽象画なんだろうな……優斗に引っ張られて寝室に入ると、すぐに丸めた絵を見せられた。やはり想像した通りの抽象画――それにしても髪の毛が紫色なのには参った。

「パパ、こんな髪の毛か？」

「紫、使いたかったから」

「ちゃんと見た通りに描かないと」

優斗がにやりと笑う。どちらかと言えば大人しいのだが、やはり本質には悪戯心というか、子どもっぽさがある。それは主に絵で発揮されるようで、本人も描く実体と違うことを意識してやっている節があった。それならそれで、絵の才能があると言えるのかもしれないが。将来はこっち方面へ進ませてもいいかな、と大友は妄想することもあった。まるきり親馬鹿だな、と毎回苦笑してしまうのだが。

布団に入れて寝かしつけようとしたが、優斗はまだ話したりない様子だった。まだまだ親として頼られていると思うと嬉しくなるが、こんな時間に半端に起きてしまうと、明日の朝が辛くなる。「ちゃんと寝ないと」と言うと素直に目を閉じ、次の瞬間にはいきなり寝息をたてはじめた。何というか……この子はデジタル機器っぽい。寝たり起きたりが、スウィッチをオンオフするようにはっきりしているのだ。朝、寝ぼけて愚図ることなどほとんどない。

優斗の相手をしている間に、菜緒が遅い夕食の用意をしてくれていた。

「重くてごめんね。でも今日、特売で牛肉が安かったの」菜緒が言い訳するように説明した。

「いや、好きだけどさ」

確かに夕食ではなく、夜食の時間だ。少し食べる量を抑えないと、と思ったが、すき焼きの残りの牛丼——大友の大好物だ——を用意してくれていたから、食べないわけにはいかない。菜緒のすき焼きは、ありがちな「牛肉と野菜のごった煮」ではなく、材料は牛肉とネギだけである。極めてシンプルで、丼にして食べるとますます美味くなる。高級な牛丼という感じだ。あまり食べてはいけないと思いつつ、つい箸が動いてしまう。

「スーパーの特売って、狙って行くのか？」

「チラシを見て行く時もあるけど、今日はたまたま。だいたい、特売があるかないかじゃなくて、自分のペースで行くから」

「毎日は行かない？」祥子のことを思い出す。彼女は毎日、ほぼ決まった時間にスーパーに行っていた。

「だいたい、二日に一回ぐらいかな」

「それが普通なんだろうな」

「毎日行ってたら、結構大変よ。家族が多い人は違うかもしれないけど」

「一人暮らしだったら……」

「毎日はあり得ないわよね。だいたい、まとめ買いして使うのが、賢い主婦だから」

「主婦の話をしてるんじゃないんだけどね……毎日スーパーに行くとしたら、理由は何だろう」

菜緒が微笑みながら首を傾げた。まるで、それを考えるのはあなたの仕事でしょう、とでも言うように。

「そう言えば、うちの近くのスーパーで、変な話を聞いたことがあるけど」

「変な話？」

「毎日同じ時間に来て、一つだけ買い物をしていく男の人がいたんだって。それでいつも、同じレジで精算するの」

「何だい、それ」

「ストーカー」菜緒が引き攣《つ》った笑みを浮かべた。「ストーカーは大袈裟かもしれないけど、レジに入っていた高校生のバイトの女の子に目をつけて、通ってたみたい」

「純情な話じゃないか」

「でも、気持ち悪くない？　その男の人、四十二歳だったんだって」

僕より年上か……さすがにそれは引く。下手をしたら犯罪になっていたのでは、と思うとぞっとした――常に最悪の事態を考えてしまう刑事の習性は嫌なものだな、と思う。

しかし、このストーカーまがいの話は、大友の頭に刺激を与えた。祥子が毎日スーパーに行っていたのは、誰かに会うためだったのではないか？　そこに八木が来ていたとは考えられない――いれば当然、祥子を尾行していた刑事が気づくはずだ――から、誰か他の人間？

これはチェックする価値がある。大友は牛丼の残りを食べ終え、箸を置いて菜緒に礼を言った。

「何、いきなり」驚いたように菜緒が目を見開く。

「いいヒントだった」

あとはこれを、どこまで広げていけるかだが……大友は悲観していなかった。些細なヒントが全面突破につながるのが珍しくないことは、経験からよく分かっている。

翌日、大友はスーパーに足を運び、防犯カメラの映像提出を求めた。保存してあるのは五日分だったが、それで取り敢えずは十分だろう。同行した柴は「何でこんなことしてるんだ？」と不満そうに言ったが、大友は説明を省いた。まだ物になるかどうか分からないので、期待を持たせたくない。

「で、何を探せばいいんだ」

「もちろん、大沼祥子」

「まあ、それなら楽勝だろうな……来る時間もだいたい決まってたから」

「そうだ。どこのレジに行ってるのか、注意して見てくれ」

「レジ？」

説明を省き、大友は画面に集中した。早送りで画面を確認し、祥子の姿が映ると、レジの番号と時間を手帳に書き写していく。すぐに、彼女が毎回同じレジを利用していたわけではないことが分かった。当てが外れたかと一瞬がっかりしたが、考えてみればレジの担当は一日のうちでも何度も変わるはずだ。誰が使っても同じようにできないと、仕事に差し障るだろうし……すぐに大友は、祥子が「同じレジ」ではなく「同じ人」のところへ足を運んでいるのに気づいた。どんなに他にレジが空いていても、必ずその人の所へ向かう。

防犯カメラはかなり高い位置から映しているので、顔ははっきりとは分からなかった。しかしおそらく祥子と同じぐらいの年齢、背格好だろうと気づく。制服代わりのエプロンを常につけているので服装の特徴は分からなかった。

大友はすぐに店長を呼び、この担当者について問い質した。

「ああ、パートの大津《おおつ》さんです。大津亜紀《あき》さん」

悪びれた様子もなく店長が答えた。警察が調べに来ているのに、まずいことになったとは思わないのだろうか、と大友は訝った。

「今日は出てますか?」

「ええ、週に五日。日曜と月曜だけが休みです」

好都合だ。大友はすぐに、亜紀を呼ぶよう店長に頼んだ。そこまできてようやく、店長は何かがおかしいと気づいたようだった。

「あの、うちの店が何か……」

「お店の方には関係ありません」おそらくは。「とにかく、大津さんを呼んでいただけますか？　よろしくお願いします」

頭を下げる。顔を上げると、店長は既に事務室からいなくなっていた。

「おいおい、何のつもりなんだ？」

「分からない」柴の質問に、大友は正直に答えた。「でも、偶然とは思えない」

「そりゃ偶然じゃないだろうさ」柴が呆れたように言った。「要するに知り合いじゃないのか？　せっかく買い物に来たんだから、知り合いのレジを使おうとか……」

「それでお互いに、何かメリットがあるのか？　挨拶をするためだけに大津亜紀のレジに行く？　意味が分からない」

「ああ……まあな」柴が顔を歪めた。「とにかく不自然なんだ」

「そう。不自然だと思ったら、理由が知りたくなるのは刑事の本能だろう？」

「分かった。お前に任せるよ。相手が女性だしな」

「それは関係ないって」

苦笑しながら、大友はテーブルを片づけ始めた。他人の事務所なのだが、散らかったままでは落ち着いて話ができない。ガムテープやビニール紐、チラシ、鮮魚や肉用のトレイなどを、テーブルの片隅に押しやって広い空間を作る。何とか格好がついたところで、遠慮がちなノックが聞こえた。柴が素早く大友にうなずきかけ、ドアを開ける。

背中を丸め、うなだれたまま立ちすくんでいる。中へ入ろうとはしなかった。「どうぞ、お入り下さい」と大友が声をかけても動こうとしない。不貞腐れた表情を浮かべているのに、大友はすぐに気づいた。

「どうぞ、お座り下さい」

依然として反応しないので、柴が一歩前に進み出て彼女の肩に軽く手を触れた。熱い物が直撃したように、亜紀が大袈裟に身を震わせ、振り返って柴を睨みつける。ちょっとオーバーだな……間違いなく何かを隠していると、大友は確信した。何もしていない人間なら、警察に呼ばれたからと言って、ここまで過激な反応は見せない。

ようやく亜紀が椅子に腰を下ろした。しかし、いつでも逃げ出せるようにするつもりなのか、ひどく浅く腰かけていた。あれでは腿と脹脛に力が入り過ぎて疲れるのだがと思いながら、大友は亜紀の様子を観察する。

祥子とは正反対の感じだった。小柄で肉感的な感じ。亜紀は明るい茶色に染めた短い髪を、カチューシャで押さえていた。昔、散々やんちゃしたのが、このレベルに落ち着いた感じである。人生経験の深さというか、嫌な経験を散々してきた過去を感じさせる。

「いきなりですみませんが、大沼祥子さんとはお知り合いですか」

「知りません」即答だった。真っ直ぐ大友の目を見て、怒りの感情を隠そうともしない。

「大沼祥子さんはここ数日、毎日このスーパーに来ています。しかも毎回、あなたが担当していいるレジを利用していいます。不自然な行動なんですが、何の意味があるんですか？」

亜紀が口をつぐむ。にわかに不安そうな表情を浮かべ、両手をきつく握り合わせている。右足が、貧乏揺すりをするように小刻みに震えた。大友はテーブルの上に身を乗り出し、静かな声で話を続ける。

「大沼祥子さんが、殺人事件で逮捕された八木という男の恋人なのは知っていますか？」

はっとしたように、亜紀が顔を上げる。大友の言葉のどこに反応したのか、分からなかった。突然「殺人」という普段の生活には縁のない言葉が出てきたから？　純粋に勘だが、そうは思えない。

「大沼さんは、八木の逃亡を助けた可能性があるんです。我々は、その件を調べています。大沼さんと八木は接触した形跡がないんですが……それどころか、ここ数日、大沼さんと接触した可能性があるのはあなただけなんですよ」

「知らないわよ」不機嫌な口調が蘇る。

「防犯カメラに映像が残っていました。大沼さんは、買い物の度に、必ずあなたのレジに行った。まるで約束していたようですね。毎日ほぼ同じ時間にこの店に来たのも、あなたがいる時間を狙っていたんじゃないですか」

「……ごめんなさい！」亜紀がいきなり深く頭を下げた。前髪が垂れ、テーブルに触れそうになる。

大友はゆっくり深呼吸して、跳ね上がった鼓動を抑えようとした。こういうタイプは、一度話す気になると態度が豹変する。しかし、何故謝る……確信した。

彼女も共犯だからだ。

「話を聞かせてもらえますか？　あなたはどういう役回りだったんですか？」

内島は淡々と取り調べを続けていた。殺人事件に関しては、八木は完全自供しているから、取り調べとしては楽だろう。今日は事件現場に赴き、そこで犯行状況を説明させようとしているという。肝心の人間がいないので動きが取れなくなったが、大友はまず、小柳に説明した。

話を聞き終えると、小柳が呆れたように掌を上に向けて両手を広げた。

「何とまあ、これもホストとしての才能ということか？」

「否定はしません」

「お前もそういうことは得意そうだけどな」声に皮肉が混じる。

「あいにく、妻で手一杯でして」

「そういうことを臆面もなく言うなよ。嫌われるぞ」

「別に、隠すことじゃないと思いますが」大友が理解できないのは、妻の悪口を言い触らす夫たちだ。本当に夫婦関係がぎすぎすして、心底配偶者を嫌っている場合もあるだろうが、たいていは会話の中で、誰かが悪口を言い出すのに合わせているに過ぎない。そんなことは時間の無駄だし、妻に対しても失礼だ。

「ああ、分かった、分かった」小柳が面倒臭そうに顔の前で手を振った。「で、その大津亜紀という女はどうした」

「任意で呼んできてあります。事実関係は認めましたから、逃亡を幇助《ほうじょ》したことで、犯人隠避を適用できるかと思います」

「殺人の共犯というわけにはいかないか？」

「それはちょっと……事後共犯を適用するにも無理があると思います」

「大沼祥子の方はどうだ？」

「やはり犯人隠避ですね」女二人が共謀して、一人の男を海外へ逃がそうとした――状況はそういうことなのだが、どうにも理解しがたい。「大津亜紀の取り調べを進めながら、逮捕のタイミングを計りたいと思います。今より厳重な監視が必要ですね」

「分かった」小柳が傍らの電話を引き寄せ、受話器を取り上げる。「監視は、今から再開しよう。今日スーパーに行って、大津亜紀がいないことを知ったら、大沼祥子は異変に気づくかもしれない」

「お願いします」

頭を下げ、これでようやく事態ははっきりする、と考えてほっとした。次の瞬間には、特捜本部に入って来る八木の姿に気づいた。手錠をかけられ、数人の若い刑事に取り囲まれている。大友は思わず、そちらに駆け寄った。小柳が気づいて、目を細める。彼が口を開く前に、大友は八木に先制攻撃をしかけた。

「女性二人を使って国外逃亡しようとした気分はどうだ？」


「要するにその人、二人の女性とつき合ってたの？　二股をかけてた？」菜緒が顔をしかめる。

「つき合っていたという表現はちょっと違うかもしれない。僕たちの感覚では理解できない男女関係だね」

特捜本部での仕事が一段落した日曜の午後。久しぶりに休みが取れた大友は、優斗と菜緒を連れて近くの公園に来ていた。幼稚園の友だちが一緒になり、優斗は砂場で遊んでいる。大友と菜緒は並んでベンチに腰かけ、その様子を見守っていた。秋というより春を思わせる陽気で陽射しは強く、風の冷たさがむしろ心地よい。大友は、足元に落ちていた枯れ枝を拾い上げ、指先でくるくると回した。

「でも、二股をかけていたのは間違いないわね」

「金づるが二本あった、と言うべきだと思うけど」

「いい迷惑よね。女性二人は、お互いに相手のことを知っていたの？」

「大津亜紀は知っていた。彼女の方が、八木とのつき合いは長いんだ。かれこれ五年ぐらいになるらしい。大沼祥子のことを知っても、八木はそういう男だからと諦めていたらしい。大津亜紀の存在を注意しなかったのは、僕たちのミスだな。彼女の名前を摑んでいた刑事もいたんだけど、最近は関係が切れていたと判断して、マークしてなかったんだ」

「そう」風が流れ、菜緒の髪を揺らしていく。

「八木は実際には、事件を起こした後も大津亜紀と連絡を取っていた。それで、彼女を経由して、大沼祥子に預けていたパスポートを取り戻す手を考えた。まったく偶然なんだけど、大沼祥子は、大津亜紀が勤めていたスーパーの常連客だったんだ」

「それで、祥子さんがレジに来た時に、『八木さんから伝言がある』と伝えた」

「そう」うなずき、大友は続けた。スーパーの帰りに公園に立ち寄った時も、亜紀のメモを確認していたのだと分かった。「それから毎日のように大沼祥子は買い物に出かけ、大津亜紀と接触した。大沼祥子にすれば、八木のことを知る情報源は大津亜紀しかいなかったんだ。連絡も取れなくなって、やっぱり心配だったんだろうな。そのうち大津亜紀は、八木のためにパスポートが必要だと打ち明け、持ってくるように頼みこんだ。そのパスポートを、大津亜紀が八木に渡して……という流れだったんだね。それで、君に意見を聞きたいんだ」

「私で役にたつかしら」菜緒がおどけて言った。

もちろん、役に立つ。菜緒は刑事ではなく、あくまで専業主婦だが、勘所がいいのだ。しかも長いつき合い――学生時代からだ――なので、大友の考えを読んで話してくれる。

「よく分からないというか、未だに納得できないんだけど、どうして大沼祥子は簡単に大津亜紀の指示に従ったんだろう」

「どうかしら……私に聞かれても、ね」菜緒が首を傾げる。「それは、調べているあなたの方が分かると思うけど」

「はっきり言わないんだ。だいたい、自分の愛した人に別の愛人がいたと分かって、どうしてその愛人の頼みを受け入れられるのかな。単純に考えれば、ライバルみたいなものだろう？　愛する人のピンチだから、そういうライバル意識を乗り越えて協力し合おうと思った？」

「逆かも」

「逆？」

「自分の方が彼を愛している――ライバルに対して、それを証明しようとしたのかもしれないわよ」

「そういうことか……」理屈では何となく分かる。だが、本当にそんなことを考えるものだろうか……これは、明日以降の取り調べで大沼祥子にぶつける必要があるな、と思った。まともな取り調べになるかどうか、自信はなかったが。

「理解不能、みたいな顔をしてるけど」

「実際、理解できないんだ」

「そうね……あなたは、そういうのを理解できない人でいてくれる方がいいと思う」

「どうして？」

「うん？　何となく。でも、男は鈍いぐらいがいいって言うじゃない」

中途半端な返事を残して菜緒が立ち上がった。ゆっくりと砂場の方に歩いて行く。その背中を見送りながら、やっぱり僕には、女性の複雑な気持ちは理解できないだろうな、と思った。そもそも理解する必要もないか……今は菜緒と優斗のことだけを考えていればいいのだから。

リスタート

2月20日：今日も書くことはない。何も書けない。

もっと忙しければいいのに、と思う。

ぼうっとしていると、考える時間ができてしまう。そういう時間に頭を占領するのは、妻の――亡くなった妻の菜緒のことだけだ。今は一番考えたくないのに。

自分が完全に冷静さと判断能力を失っていることは、大友鉄には分かっていた。六歳になった息子の優斗を、町田にある菜緒の実家に預けてきたことが、その一番の証拠である。義母の聖子が「面倒を見るから」と申し出てくれたのだが、優斗がここにいてくれた方がよほどよかった。幼稚園児が頼りになるわけではないが、息子の体温を感じているだけでも、気持ちが落ち着くはずなのに、そこまで考えが至らなかった。

これから町田まで優斗を迎えに行き、明日からの幼稚園に備えなければならない。自分も明後日からは仕事に復帰するつもりだった。しかし、どうしていいのか分からない。もしも殺人事件でも起きて、特捜本部に組み入れられたら……優斗を家で一人きりにしておくわけにはいかないし、どうやって面倒を見ていけばいいのだろう。

それより、そもそも自分は仕事に復帰できるのか。警視庁に出勤する姿が想像できなかった。

　改めて、菜緒は自分にとって大きな「軸」なのだと意識した。学生時代からつき合ってきて、十年以上一緒にいたのだから、自分のことを一番よく知っていたのが彼女だったのは間違いない。何か悩みがある時、困った時に、彼女と話せば一気にぬかるみから外へ出られることも多かった。

　その菜緒は、もういない。

　現代医療でも、救い切れない人はいる。そんな犠牲者の一人が菜緒だった。

　今でも信じられない。確かに、条件は悪かった。六日前の、雪の降り始めの夕方。優斗を家に残し、近くに買い物へ出かけた菜緒は、スリップして歩道に突っこんできた車にいきなりはねられた。

　その話を聞いた時、大友はにわかに信じられなかった。菜緒は自分よりよほど運動神経がいい。動きも機敏だし、周りによく目が届く。しかし、薄い雪でスリップした車の動きは予想もできないものだし、降りしきる雪のせいで視界も悪かった。

　その事故を大友が知ったのは、幼稚園からの電話によってだった。たまたま現場の近くに、優斗の同級生の母親が居合わせたのだ。動転した彼女は、自分でもよく分からないまま、幼稚園に連絡。その後幼稚園から大友の携帯に電話がかかってきたのである。状況がはっきりしないまま飛び出した後は、ほとんど記憶がない。出来事の断片が、かすかに脳裏に残っているだけである。泣き叫ぶ優斗。ひどい事故だったのに、静かに眠るようだった菜緒。聖子の引き攣った表情。同僚や先輩の憮然とした表情。

それからの数日間は、記憶が曖昧である。通夜と葬儀に追われ、その後も細かい手続きがいろいろあり……長野で高校の校長をしている父親は、こういう時にはまったく役に立たないということが分かっただけだった。謹厳実直を絵に描いたような父のおろおろする姿を、大友は初めて見た。母親は終始泣き続け。菜緒は、自分の母親にとっても可愛い娘だったのだと、改めて思い知らされただけだった。結局、実の娘――しかも一人娘だ――を亡くした聖子が気丈に振る舞い、仕事を放りだして駆けつけてくれた警視庁の同僚たちが全てを取り仕切ってくれた。自分はただ、その場にいて、優斗の手を握り締めていただけだった。

容疑者はその場で逮捕されていた。しかし大友は、この犯人にまだ会っていない。長《なが》江《え》謙一《けんいち》、四十歳。タクシーの運転手で、この日は雪の中、近くの駅へ向かう途中だったという。雪が降れば、普段歩いて帰宅する人もタクシーを使う。しかも普段より帰宅は早いだろう――それを見越してのことだったが、その途中で事故を起こした。直後から動揺が激しく、取り調べは満足に進んでいない。毎日「死なせて欲しい」と涙を流し、捜査員が宥《なだ》めるので精一杯だというのだ。

　憎もうと思った。犯人は職業運転手である。安全には最大限の注意を払うのが当然ではないか。しかし、事故は誰でも起こす可能性がある。ましてや自分は刑事で、死にたがるほど後悔している犯人を、個人的な事情で憎むわけにはいかない……いや、これは極めて個人的な事情なのだから、個人的な気持ちが噴き出すのは当然ではないか。

　どう考えてもまとまらず、気持ちが悪くなってくる。ただ、菜緒の笑顔だけは記憶の中でいつも変わらなかった。

　考えても無駄だ、と大友は首を振った。日常は続く。明日からは普通の——しかしこれまでとはまったく変わった日々を再開しなければならない。そう、自分には責任がある。優斗にちゃんと食べさせ、育てていかなければ……食べさせるといえば、冷蔵庫の中はどうなっていただろう。通夜と葬儀が終わって優斗を実家に預けた後は、何を食べていたのかまったく記憶にない。自分は、多少は食べなくても大丈夫なのだが、優斗はそういうわけにはいかないだろう。

　扉を開けてみると、ほぼ空っぽだった。わずかに残った食品も賞味期限切れ、野菜はしなびている。牛乳すらない。これは……優斗を迎えに行く前に、買い出ししておかないと。しかし、何を揃えたらいいのかも分からない。家事は菜緒任せで、結婚してからは自分で料理を作ったこともないのだから。

とにかく、スーパーに行ってみるか。行けば何とかなるだろう。今夜も、鍋ぐらいだったら何とか作れる。明日の朝は……卵を焼いてパンの用意をするぐらいなら大丈夫だ。菜緒は、朝食にはいつも和食を用意してくれていたので、優斗がパンで納得するかどうかは分からなかったが。

ようやくソファから立ち上がった。いったいいつからここに座っていたのだろう……覚えていないことに驚く。これじゃ、まるで死人も同然じゃないか。

荷物が重くなるのを見越して、車を出そうかと思った。しかし、キーを手にした途端、固まってしまう。家にある車、アルファの147は、普段菜緒が使っていた。ハンドルを握れば、彼女の想い出に包まれてしまうような……冷静に運転できるかどうか、自信がなかった。

結局、歩いて行くことにした。スーパーまでは五百メートルほど。どんなに大荷物になっても、それほど困ることはあるまい。

家を出た瞬間、冷たい空気に身を包まれ、思わず背中が丸まってしまう。冷えるな……両手を丸めて息を吐きかけ、歩き出そうとした瞬間、声をかけられた。

「テツ」

顔を上げると、捜査一課長の福原が立っていた。腹を突き出すように思い切り背を伸ばしている。両手は、黒いトレンチコートのポケットに突っこんだまま。ひどく違和感があるのは、今が平日の午後二時だということである。忙しい捜査一課長が、こんな時間に本部なり特捜本部がある署なりを離れられるとは思えない。しかも一人きりで。

「課長」

ぽつりとつぶやくと、福原が大股で近づいて来た。互いの息遣いが感じられるほどの距離で立ち止まると、いきなり大友の肩を平手で叩く。

「凹んでるな」

「ええ」

「当たり前だ。誰だってそうなる……そういう人を、お前もたくさん見てきただろう」

「ええ」

「落ちこむ時は、どこまでも落ちこめばいい。一度完全に下まで落ちないと、人間は本当には立ち直れないものだ」

「誰の格言ですか？」福原は、誰かの格言を引いたり、自分でも格言めいた言葉を作るのが大好きだ。訓示もしばしば抽象的な台詞の羅列になりがちで、部下である大友たちは、陰で苦笑している。

「格言じゃない。常識だ」

「そうですか……」

言葉を切り、福原が大友の顔を眺め回した。何かに納得したようにうなずくと、「もうしばらく休め」と言った。

「忌引きは今日までなんですが」

「これは命令だ。どうせ、有給が溜まってるだろう」

「ええ……」

「それでお前、これからどうするつもりなんだ」

「仕事のことですか？」

「他に何がある？」

「優斗が——子どものことが……」

「そんなことは、きちんとやって当たり前だ」

「そうですよね」ということは、自分はもう捜査一課にはいられないだろう。現実的に考えてみれば、子育てをしながら捜査一課で仕事を続けるのは無理だ。菜緒の助けがあってこそ、今までやってこられたのだし……厳しい事件に向き合い、目の粗いヤスリで心を擦られるような毎日こそが、自分のいるべき場所なのだが。

　捜査一課の仕事と子育て……どちらが大事かは、言うまでもない。刑事はたくさんいるが、優斗の父親は自分しかいないのだから。

「仕事のことは、何か考えているのか？」

「辞めるかもしれません」

「警察を辞めるっていう意味か？」福原の眉がくっと上がった。「馬鹿なことを考えるな」

「警察の仕事は厳しいです。今のまま、子育てをしていくのは無理ですよ」

「向こうのお母さん……町田だよな。任せられないのか」

「そのつもりはないです」本当は甘えるべきかもしれない。だが何故か、その気になれなかった。優斗は僕の息子だ。だから義母にも頼らず、自分で育てていかなければならない。そんなことは当たり前だと思っているが、自分には子育てのノウハウも家事の知識もない。意地になって突っ張っているだけかもしれない、とも考えたが、自己分析してみると、そうではないと分かる。

菜緒のためだ。最後の言葉を交わすことはできなかったが、もしもできたら、彼女は「優斗をお願い」と言ったのではないだろうか。

「無理しないで、こういう時は周囲に甘えてもいいんだぞ」福原が言った。

「僕が甘えてはいけないと思います。そういう姿を息子が見たら、教育上、よくないですよね」

「意固地になるなよ」

「なってません」

「まあ……」言い合いになりそうだったが、福原がふっと視線を逸らした。「とにかく、あと何日か休め。仕事のことは心配するな」
「しかし――」
「俺がちゃんと考えておく。最後に決断するのはお前だけどな」

翌日――優斗が幼稚園に行くとなると、ぼんやりしている時間はなかった。まさかコンビニのサンドウィッチを持たせるわけにもいかず、朝五時起きで弁当作り。卵焼きは一度焦がして失敗し、二度目で何とか、そこそこ見栄えのいいものができた。焦がした分は、自分の昼食のおかずに回す。半分に切ったウィンナーを二本、それに茹でたブロッコリー。優斗が嫌いなミニトマトも敢えて入れてみた。代わりに、好きなふりかけをご飯にたっぷりふりかけておく。色合いは悪くないが、栄養的にはどうなのか……それにしても、これから週に二日のペースで弁当を作り続けられるだろうか。優斗は四月から小学生だから、弁当の心配をするのはあと少しなのだが。

優斗を幼稚園に送ってから、思い切って家の掃除と洗濯をしてみる。慣れないが故に時間はかかったが、それでも何となく埃っぽくなっていたマンションの部屋は綺麗になり、汚れ物で一杯だった洗濯籠も空っぽになった。案外やれるじゃないかとも思ったが、やはり先行きが不安になる。慣れない動きをしてきたので、軽い筋肉痛さえ感じた。菜緒はこういう家事を、よく毎日続けてこられたものだと思う。

夕飯の用意を終えてから、優斗を迎えに家を出る。家から幼稚園までは、大友の足で歩いて五分ほどだ。距離的には優斗一人でも帰って来られるのだが、送り迎えするのが基本だ。自分に、そんな時間が取れるかどうか……だいたい今は、優斗と常に一緒にいるべきだと思う。優斗は、母親がいなくなった事実をまだ完全には理解できていない様子で、精神的に少し不安定なのだ。昨夜も寝ぼけて「ママ……」とつぶやきながら、部屋の中をうろついていた。思い出すと胸が詰まるが、こればかりは二人で一緒に慣れていくしかないだろう。だいたい今の段階では、泣きたいのは自分の方なのだ。

幼稚園も、大友には馴染みのない世界だった。家事ばかりか子育ても、全て菜緒に任せきりだったのだ、と痛感する。何となく様子は想像できたが……迎えに来た母親たちが集まり、井戸端会議に花を咲かせている。そのまま子どもを連れて、近くのファミレスでお茶、というのもよくあるパターンだろう。菜緒も、そういうつき合いは人並みにこなしていて、近所のママ友たちの噂話を聞かせてくれたものだ。

だが、想像していたのとは様子が違った。かすかにではなく、一目見ただけで分かるほどに。幼稚園の前に、救急車が停まっている。滑り台や雲梯などの遊具が固まっているすぐ側だけに、妙な違和感があった。母親と園児たちが、不安そうに救急車を遠巻きにしている。

何かあった——まさか優斗が怪我でもしたのではと、大友は顔から血の気が引くのを感じた。慌てて駆け寄ると、人の輪の中から優斗が飛び出して来るのが見えた。大友の腰にぶつかるように抱きつくと、にやっと笑ってみせる。しかしそれも一瞬で、急に引き攣ったような表情になってしまった。大友はしゃがみこんで、息子の目の高さに合わせて話しかけた。

「どうした？　誰か怪我でもしたのか？」

「知哉《ともや》君」

と言われても、誰のことなのか分からないのだが……救急車がいつまでも走り出さないのが気になる。搬送先が見つからないのか、それとも手遅れなのか。仕事柄、大友は救急隊員とのつき合いもある。事件・事故の現場では見慣れた光景であり、救急車を見ると「援軍だ」とほっとすることもあるのだが、今日はそうはいかない。何しろここは大友にとって、身近な――プライベートな場所なのだ。優斗が不安そうにしているのも気になる。

「知哉君の怪我、どんな感じなんだ？」

「頭から……血が出てて……」

優斗の顔が蒼くなる。その場面を見てしまったのか。何もかも子どもの目から隠しておく必要はないと思うが、やはり見てはいけないものもある。ましてや優斗は、まだ菜緒の死もはっきりと受け入れられていない状況だ。短い間隔で二度も衝撃を受けたら、深刻なトラウマになる可能性もある。

「よし、大丈夫だから。ちょっとここにいてくれ」

といっても、一人で残してはおけない。大友は、近くにいた自分と同年輩の母親に、思いきって声をかけた――が、まず何と名乗っていいか分からない。

「あの――」

「優斗君のパパですか?」

「あ、はい、そうです」誰かのパパ――自分の名前がない匿名の世界に足を踏み入れてしまった、と実感する。そう言えば、菜緒もよく言っていた。幼稚園では、名前で呼ばれることなどまずない。必ず「誰かのママ」なのだ。奇妙な感じだが、そういう習慣なのだから仕方ないのだろう。

「あの、この度は……」御愁傷様、という言葉が消えた。

「ご丁寧にありがとうございます」大友は素直に頭を下げた。「御愁傷様」とはっきり言うのは実は至難の業だ。それでも一応言葉を受けたからには、きっちりお礼を言わなくては。

「本当に残念でした。菜緒さんには、よくしてもらったんですよ」

菜緒さんか、と奇妙な気分になった。「優斗君のママ」ではなく「菜緒さん」と呼ばれただけで、妻の不在を強く感じる。

「そうですか……」

「あの、変な話ですけど、他の子を叱ってくれたりして」

「そうですか？」きつい言葉遣いではないが、菜緒は優斗をよく叱った。あの調子で他の子を叱っていたら、人間関係の軋みが生じそうなものだが。

「最近、あまり子どもを怒らないでしょう？　でも、一緒にお茶を飲みに行ったりして、子どもたちがファミレスの中で騒ぎ始めると、ぴしゃりと言って……菜緒さんが言うならしょうがないって、他のお母さんたちも思ってましたから。菜緒さん、曲がったことが嫌いな人でしょう？」

「そうです」

「リーダーシップもあったし……残念です、本当に」

胸が詰まりそうになって、大友は話題を変えた。

「あの、知哉君が怪我したんですか？」

「そうみたいです」

「怪我の具合は？」

「それが、分からないんです。迎えに来たら、救急車が来てて、知哉君が中に運ばれるところで」

「ちょっと、優斗を見ていてもらえますか？　聞いてみますので」

「はい」

優斗の背中を押すと、その母親と息子のところへ歩み出した。園児同士ならすぐにじゃれ合うところだろうが、二人とも口を開かない。この異様な雰囲気を恐れているのだ。

二人に向かってうなずきかけた後、大友は救急車の背後に回った。後ろのハッチが大きく開いて中が見えているので、思い切って声をかけてみた。

「警察です」

この言い方が不自然なのは、自分でも意識した。救急隊員も同じだったようで、ヘルメットの下で目を細め、疑わしげな表情を浮かべる。大友はすぐに補足説明した。

「あ、すみません。本部の捜査一課の者ですが、ここの父兄なんです」

「この子の？」

「いえ、違います」

この子――知哉は、本来なら横になるべき簡易ベッドに腰かけていた。タオルで額を抑え、浮いた両足をぶらぶらさせている。泣いてもいなかったし、タオルに血が染み出しているわけでもなかったので、怪我は軽いのだと分かり、ほっとした。

二人いる救急隊員の一人――熊のように大きな男だった――が、動きにくそうにこちらに近づいて来る。大友に気づくと、「あれ？」と体形に似合わぬ甲高い声を上げた。

「大友さん？」

「ああ」言われて大友も、相手が誰なのか思い出してうなずいた。何度か、現場で一緒になったことがある。「西《にし》さん」

「どうしたんですか？　何で捜査一課の人がこんなところに？」

「いや、ちょっと息子を迎えに来ただけです」

「へえ、いいパパしてるじゃないですか」

　本当は別の事情があるのだが……しかし彼に妻の死を教える気にはなれなかった。それを言えば、誰ともこの件について話す気にはなれない。

「その子、大丈夫なんですか？」

「ああ、たぶん……でも一応、搬送はしますよ」

「怪我は、大したことはないように見えますけど」

「頭を打ってますからね。念のため、ちゃんと検査しないと」

　大友はうなずき、知哉を見た。特に痛がっている様子もないが、頭の怪我に関しては油断してはいけない。西の言う通りで、レントゲンなどによる検査は必須だ。

「親御さんは？」

「まだ来てないみたいですね。一応、待ってから一緒に病院に行ってもらおうと思ってるんですけど」

「分かりました」

させた。

「ちょっと……」西が大友の腕を持ち、母親と子どもたちが集まっている方に背を向けさせた。

「何ですか？」内密の話があるのだと思いながら、大友は緊張して訊ねた。

「そこのジャングルジムから落ちたみたいなんだけど、その子、『落とされた』って言ってるんですよ。大した怪我じゃないからいいんだけど、気になりましてね」


子どもはしょっちゅう怪我をする。取っ組み合いの喧嘩も珍しくないし、力の加減ができないから、ちょっとしたことで相手を怪我させてしまうこともよくある。自分が子どもの頃は、それぐらいは大した問題にならなかったな、と大友は思い出した。しかし今は、時代が違う。子どもはとにかく大事にされ、怪我でもしようものなら一大事だ。ましてや誰かに故意に怪我させられたとでもなったら……大袈裟にするのはまずいと思ったが、放置してもおけない。大友は、園側に事情を説明しておくことにした。

園長の伏見百合子《ふしみゆりこ》は、六十歳を超えて、髪がほとんど白くなっていた。大友は優斗の入園式の時に一度会ったきりなのだが、その時はまだ、黒い部分が残っていた……ただし上品な白髪であり、教養の深さのようなものを感じさせる。確か、近くの小学校で校長まで勤めて定年で辞め、その後でこの私立幼稚園の園長に誘われた、と聞いている。

大友が事情を話すと、百合子が眉をひそめた。

「誰かがわざとやったと言うんですか」

「本人はそう言っているようです」

「それは……まずいですね」

「あまりいいことではないですね」大友はうなずいた。「でも、園としてはどうするんですか」

「そうですね……」

百合子は明らかに戸惑っていた。それはそうだろう。誰かに遊具から突き落とされたとなったら大問題である。この事実が明らかになったら、知哉の親だけでなく、他の父兄も騒ぎ出すだろう。大事にするのは、大友の本意ではなかった。だが、なかったことにする気にもなれない。父兄として……いや、刑事として。もちろんこれは、そんなに大袈裟な話ではない。犯人を割り出して罰するという、通常の刑事の仕事ではないのだから。

「大友さん、この件については……」

「大袈裟にはするつもりはありません。表に出す気はないですから」

考えていたことをそのまま大友が口にすると、園長があからさまにほっとした表情を浮かべた。

「でも、放っておくわけにもいかないと思うんですが」

「そう、ですね」また百合子が渋い表情になった。「……あの、大友さん？」

「はい？」

「ちょっと手伝ってもらえませんか？」

「僕が、ですか？」

「大友さん、警察の方なんだし。あ、もちろん、警察官みたいに調べられたら困りますけど」

「子どもたちから話を聴くなら、僕じゃなくて先生方の方がいいと思いますけど。子どもたちは、知らない人間に素直に話すとは思えないんですが」

「あら、大友さんなら大丈夫ですよ」園長がいきなり穏やかな笑みを浮かべた。「大友さんに対しては、誰でも自然に話しちゃうでしょう？」

「そういうわけでもないですけどね……」

大人を相手にするのと、子どもを相手にするのでは勝手が全然違う。基本的なコミュニケーションが取りにくい分、子どもの方がずっとやりにくいのだ。

「奥さんのことで大変なのは分かりますけど、どうですか？」

「ええ……」考えてみれば滅茶苦茶な要求だ。菜緒が亡くなってから、まだ一週間しか経っていない。幼稚園で刑事の真似事——大友は本物の刑事だが——をしている場合ではないのではないか？　しかし大友は、何故か気持ちが引き寄せられるのを感じた。

「やってみましょうか。できれば内密に調べて、その結果によってどうするか決めたいと思うんですが」

「大袈裟な話にはしませんよね？」

「もちろんです。それは、僕も望むところではありませんから」

大友は言ってうなずいた。それなりの高さがある遊具から人を突き落とす——大人なら、傷害、下手をしたら殺人未遂容疑を適用するところだ。子どもの場合は……それはまた後で考えよう。

急にざわついた空気が流れ、園長の顔から血の気が引く。怒鳴り声、そして子どもたちの泣き声も聞こえる。何事だ、と大友は慌てて立ち上がり、職員室のドアに向かって走った。手をかけようとした瞬間にドアが開き、突進して来た男に突き飛ばされて後ろ向きに転がってしまう。警察官は誰でも柔道の心得があるので何とか受け身を取ったが、肘をしたたかに打った。

「知哉が殺されかけたって本当ですか！」

血相を変えて怒る男……父親だ、とぴんとくる。よく似てるもんだな、と大友は妙に感心した。耳の形がそっくりである。目の雰囲気も。

もちろん今は、そんなことに感心している場合ではないのだが。親が怒鳴りこんできてしまったら、大袈裟にせずに済ませることはできない。

知哉が落ちたジャングルジムは、目測で高さが二・五メートルほどだった。大友が手を伸ばせば、一番上まで届く。鑑識がいれば、きちんとサイズを測るところだが、そこまでしなくても問題ないだろう。だいたい、ここに青い作業服の鑑識の係員が大勢押しかけたら、事はさらに大袈裟になる。

鉄棒を組み合わせた一つ一つのブロックが五十センチ四方ほど、一段目……というべきか、それが四つつながって大きな立方体になり、その上にブロックの高さ一つ分だけの小さい「上の段」がくっついている。ジャングルジムとしては極めて標準的な造りだろう。一番外の縦棒は青に、内側は赤に塗られており、横棒は鮮やかな黄色。非常に目立つ塗り分け方で、いかにも子どもが喜びそうだった。

塗装には剝げている箇所もなく、新品そのものに見えた。あるいは塗り直したのか。周囲を一周してみたが、特におかしなところは見つからない。接合部分が弱くなって外れていたら、転げ落ちる可能性もあるのだが、見た限り、全体はしっかりした造りだった。知哉は、一番上にいる時に押され、転げ落ちたと言っているという。途中の段に一度ぶつかったので、地面への直撃は避けられたのだが、それでも子どもの身長からすれば、落ちた時は大変なショックだっただろう。

今度は足下に注意して見てみた。園庭全体に人工芝が張ってあるせいか、血痕はすぐに見つかった。ごく小さい……鼻血が零れた方が、よほど出血は多いだろう。これなら大した怪我ではないはずだとほっとすると同時に、そもそも下にクッションになる物を置いておかなかった園側の対応にも責任があるのでは、と大友は訝り始めた。もちろん、そういう予備的措置と、事故自体を直接結びつけることはできないが。

「あんた、何してるんですか」

尖った声で呼びかけられ、大友は振り向いた。蒼白い顔の男が立っている。自分より少し年上だろうか……中肉中背、長く伸ばした髪を後ろで一本に縛っている。ジャージの上にダウンジャケットを着こみ、下はほっそりとしたジーンズだった。先ほど自分にぶつかってきた知哉の父親だ、とすぐに気づく。

「知哉君のお父さんですね？」

「あんたは？」

「大友と言います。大友優斗の父親です」

男がかすかにうなずいた。大友優斗という名前に聞き覚えがないのは明らかだった。

「失礼ですが、お名前は？」

「福田《ふくだ》」ぶっきら棒に言って、ジャングルジムを見上げる。「こんなのから、落ちるわけがないよな」

「子どもは無茶しますけどね」

「知哉は落とされたって言ってるんだよ」

「らしいですね」

「うちの嫁が、病院で知哉から話を聞いたんだ」福田がジャングルジムの横棒を摑んだ。体重をかけて引っ張ってみるが、当然びくともしない。「誰かが突き落としたんだ。何人も、ジャングルジムに登っていたらしい。そのうちの一人がやったんだろう」

「誰にやられたか、知哉君は分かってるんですかね」

「後ろから押されたって言ってるんだぜ？　分かるわけないだろう」

　ということは、その時ジャングルジムの上にいた子どもたち全員に話を聴かなければならない。そんなことができるのかどうか……子どもの記憶は曖昧なものだし、そもそも今日は、子どもたちはほとんど帰ってしまっている。明日以降に事情聴取となれば、子どもたちの記憶はさらに薄れるはずだ。これは、調査のやり方をよくよく考えないと。

「知哉君の怪我は、どんな具合ですか」

「頭をちょっと切った」福田が額に人差し指を走らせた。「ジャングルジムのどこかにぶつけたみたいだな」

　うなずき、大友は先ほど血痕を見つけた場所の上の方を調べてみた。あった。黄色の横棒に、茶色い染みがついているところがある。分析するまでもなく、血痕だろう。

「よく、それぐらいの傷で済みましたね」

「知哉は運動神経がいいからな。体操クラブに通ってるんだ」

「それはすごい」一方優斗は、運動神経が今一つだ。サッカーでもやらせてみようかと、休みの日にはボール遊びをさせることがあるのだが、むしろボールに遊ばれているようにしか見えない。

「だから、こんなジャングルジムぐらい、何てこともないんだよ。でも、誰かに突き落とされたとしたら別だ。絶対に見つけ出してやる」

「見つけ出して、どうするんですか」

「そんなの——」福田が声を張り上げた。怒ってはいるが、どうしていいか分からない様子である。

「十四歳未満の犯罪では、児童相談所へ通告になります。必要な場合は、児童相談所経由で家庭裁判所に送致になりますが、今回はそうはならないでしょうね」

「どうして」

「悪戯みたいなものじゃないですか？」

「冗談じゃない！」福田の顔が一瞬で赤く染まる。「こんなところから突き落としたら、死んでもおかしくなかったんだぞ。殺人未遂じゃないか」

それは大袈裟では……明らかに福田は冷静さを失っているが、今ここで宥めても何にもならない。大友はうなずきもせず、福田の顔を真っ直ぐ見詰めることで、彼の意見を否定した。もっとも福田の方では、大友の真意にまったく気づかない様子だったが。

「損害賠償も考えるからな」

「それは……」やはり大袈裟だ。いつの間に、親はこんな風に過保護になってしまったのだろう。大した怪我でなかったというなら、「これからは気をつけよう」と言って済む話のはずだ。

もっとも大友も、うやむやで終わらせるつもりはなかった。これはたぶん、事件にはならないだろう。しかし、「突き落とされた」と被害者が言っているなら、無視はできないのだ。


優斗と二人きりの夕食は初めてだった。菜緒がいつも家を守ってくれていて、三人で食卓を囲むのが普通……いや、自分はいないことも多かった。家庭は何より大事だが、捜査一課の刑事であれば、毎日定時に帰れるわけがない。特捜本部に入って、一週間も二週間も家に戻れないこともあった。その都度、家族に申し訳ないという気持ちで一杯になったが、一方で菜緒なら、家のことは任せておけるという安心感もあった。

鍋なら失敗しないだろうと思っていたが、案外難しかった。そもそも包丁を握ることすらほとんどなかったのだから、野菜の下ごしらえすらままならない。白菜はどんな風に切ればよかったのか……菜緒はネギをどう下処理していただろう。斜め切り？　筒切り？　こんな小さなことすら案外覚えていないのだと啞然とする。こんなことなら、おでんにでもすればよかった。あれなら、練り物を適当にぶちこんでおけば、何とか格好がつく。

しかし、優斗は大友の苦労などまったく分からない様子で旺盛な食欲を見せていた。とはいえ、食べ方がゆっくりしているので、下品な感じはしない。もっともそこは子どもである。ポン酢がテーブルに垂れ、汚れてしまった。ティッシュでテーブルを拭いてやる間、優斗はご飯茶わんを持ち上げたまま、じっと待っていた。

「弁当、どうだった？」

「美味しかったよ」

にやりと笑う。本当かどうかは分からないが、「不味い」と言われないだけましだ。それにしても、明日はどうしようか。いろいろ材料は買ってきたのだが、ちゃんと料理できる自信はまったくない。冷凍食品を使えば楽なのだろうが……スーパーに行って驚いたのだが、最近は冷凍した状態のまま弁当箱に入れれば、食べる頃には自然に解凍されるハンバーグまで発売されている。こういうのをいくつか揃えておけば、弁当はご飯を炊いておくだけでできる——しかし大友は、パッケージを手にした瞬間、結婚した直後に菜緒が言った台詞を思い出していた。「うちは絶対、冷凍食品は使わないからね」。冷凍食品が必ずしも体に悪いということはないだろうが、菜緒なりのポリシーだったのだろう。

彼女の信念は、自分が受け継がないと。

「明日、弁当は何がいい？」

「何でもいい」

「それが一番困るんだよなあ」大友は食べ終えて箸を置いた。「何か、食べたいもの、あるだろう」

「何でもいいよ」

「だったら、残さないで食べるか？」

「もちろん」

そう言われたら仕方がない……システマティックに料理を作る能力などないので、スーパーで目に入った食材を適当に籠に突っこんできてしまった。冷蔵庫の中は取り敢えず一杯になったが、どれをどう組み合わせればいいのだろう。小さく溜息をついて、大友は汚れた食器を流しに運んだ。食洗機があることだけが救いである。

ふと思いついて訊ねてみた。幼稚園の事故に関しては、優斗も言ってみれば関係者である。

「なあ、今日、知哉君が落ちたところ、見てたか？」

「見てない」

「あのジャングルジム、皆が使うんだろう？」

「うん……でも、本当は駄目なんだよ」

「どうして」

「先生がいないところで登っちゃいけないんだ」

「ああ、そうか」目が届かないからだ。大人の目から見れば大したことはないが、子どもからすれば、やはり相当高いところによじ登る感じのはずだ。お迎えの時は、ばたばたしていて先生たちの目も届きにくいから、「ジャングルジム禁止」は当然の措置だろう。

「じゃあ、知哉君は勝手に登ってたのかな」

「たぶんね。よくやってるみたい」

「結構やんちゃなんだな」

「やんちゃ？」優斗が首を傾げた。

「ああ、元気がいいっていう意味だよ」

「あ、そうだね。いつも先生に怒られてるから」

「そうか……他にも元気な子、いるかな」

「いるよ」優斗が椅子から滑り降り、茶碗を持って来た。綺麗に食べ終えている。「聖《せい》人《と》君とか、未来《みらい》君とか」

「そういう子たちが、登っちゃいけない時もジャングルジムに登ってるのかな」

「うーん。見たことあるけど」

「そうか……優斗は、今日は見てないんだな？」

「見てない」

「分かった」

自分の子どもを証人として使う羽目になるとは、と大友は苦笑した。それにしてもやりにくい。やはり子どもからきちんと話を聴くのは大変なのだ。自分の子でこれなのだから、他人の子だったらどれだけ苦労させられるのか。

「パパ？」

「何だ？」

「寂しくない？」

「どうして」いきなり言われて、大友は動転した。

「ママ、いないから」

「寂しいな」大友は笑みを浮かべた。「でも、優斗がいるからな」

「うん……」

「何でいきなり、そんなこと言うんだ？」

「おばあちゃんに言われたから」

「何だって?」

「パパのこと、大事にしなくちゃいけないよって」

何なんだ、これは。話が逆ではないか。親が子どもを守るならともかく、子どもに気を遣われる親なんて、情けないだけである。

――別の意味での前触れはあった。普段はほとんど干渉してこなかった聖子が、通夜や葬儀の時に、しきりに大友に話しかけてきたのである。菜緒のさばさばした性格は母親譲りで、べったりした親子関係はなかった。それは結婚後も変わらず、聖子の方では「もう別の家」と考えていた節があるのだが……やはり心配になったのだろう。しかし、孫よりも婿の方が心配になるのもどうなのか。僕はそれほどダメージを受けているように見えたのだろうか。

受けている。何故なら菜緒は、僕の半身だったから。突然半身を奪われた人間が、まともでいられるわけがない。これからの人生にずっとつきまとう喪失感を考えると、ぞっとした。

優斗がすっと寄って来る。ああ……僕にはこの子がいる。子どもならではの高い体温を感じながら、大友は少しだけ寂しさが紛れるのを感じていた。

幼稚園に入りこんで子どもたちから話を聴くのは、やはり至難の業だった。空いた時間を使って細切れに話を聴いたのだが、子どもの記憶はやはり当てにならなかった。それでも午後遅くには、大友はお迎え時間にジャングルジムに上がっていたという子ども三人を割り出していた。そのうち二人は、優斗が言っていた聖人と未来。もう一人は、将生《まさき》という名前だった。

三人が分かったところで、大友は園長の百合子と相談した。

「どうしますか？　僕が話を聴くよりも、そちらで話をした方がいいんじゃないかと思いますが」何があったか知りたいとは思う。しかし正直、大友は子どもの相手に疲れていた。

「そうですね……でも、私たちが聞くと、どうしても甘くなるかもしれないので」

「厳しくすることはないと思いますよ」

「でも、お父さんが……」

「ああ」大友は思わず苦笑した。「まさか、またねじこんできたんですか？」

「そうなんです」百合子が眉をひそめる。「今日も朝一番で来たんですよ」

「知哉君は、今日、休んでますよね」

「だからですよ。一晩病院にいて、今朝家に戻ったそうですけど、怒りが収まらないみたいですね」

「気持ちは分かります」

「誰がやったか分からないと、幼稚園を訴える、なんて言い出してるんですよ」

「それは……まずいですね」いわゆるモンスターペアレントか。些細なことに逆上して、常識では考えられないようなクレームをつけてくる親。菜緒も、そういう抗議の場面を何度か目撃したと言っていた。

「だから、犯人捜しではないですけど、納得いく説明ができないと」園長が右手を頬に当てた。

「分かります」

「今のところ、どうですか？」

「これから話を聴きますから、その後で判断します」判断できるとは思っていなかったが。子どもの話から正確な事実を再構築するのは至難の業だ。

 実際、懸念していた通りになった。百合子が事情聴取したのだが、傍らに大友が控えているせいか、三人とも怯えてしまってまともな話にならない。大友は、人を安心させることにかけては自信があったのだが、そんなものはあっさり砕け散ってしまった。今まで、被害者やその家族ら、傷ついた人の相手をするのは得意だと思っていたし、相対すると、何故か勝手に口を開く容疑者に何人も遭遇していたのだが……いっそ、園長を飛び越して直接話を聴いてみようとも思ったが、本格的な捜査でもないのに、刑事が子どもに本格的に事情聴取したことがばれたら、後々厄介なことになるだろう。

とにかく、刑事としての経験など、子ども相手ではまったく役に立たないと分かっただけだった。少年課の連中は、よく普段の仕事をきちんとこなしているな、と感心してしまったぐらいである。

「ジャングルジムに登っていた？」「その時、知哉君はいた？」「落ちるところは見ていた？」

百合子のどんな質問に対しても、はっきりした答えが出てこない。一つだけはっきりしたのは、この三人は決して「やんちゃ」ではないということである。幼稚園でも、本当に手がつけられないほど乱暴な子どももいるものだが、三人については「元気がいい」という程度のようだ。ふざけていても、誰かをジャングルジムの上から突き落とすような真似をするとは思えない。

——あくまで印象であり、勘に過ぎなかったが、大友はそれを信じたかった。

「三人は、たぶん何もしていませんね」

疲労困憊の様子を見せる園長に対して、大友は言った。

「そうですねえ」園長が眼鏡を外し、鼻梁を揉む。「嘘をついている感じじゃなかったですね」

「とすると、他に誰かいたんですかね……でもそもそも、突き落とされるところ、落ちたところは誰も見ていないんですよね」

「思い出したくなくて、黙っているだけかもしれませんよ」

「どうでしょう」大友は首を捻った。「子どもがそこまで考えますか？」

「考えるというか、本能的な判断で」園長が眼鏡をかけ直す。「怖い思いをすると、自然に記憶をシャットダウンしてしまうこともあります。前にいた小学校で、火事騒ぎがあったことがあるんですけど、子どもたちに話を聞いたら、その時のことはほとんど覚えていなかったんですよね」

「高学年の子でも？」六年生ぐらいになれば、ほとんど「大人」なのだが。

「ええ。怖くて心を閉ざしてしまう感じ、分かりません？」

「確かにそういうことはありますけど……」何だか釈然としなかった。友だちがジャングルジムから落ちる——幼稚園児にとっては、どれぐらいの恐怖なのだろう。優斗は、昨日の段階では相当怖がっていた。体を強張らせていた。おそらく、血を流す知哉の姿を見たからだろう。しかし夜には、もう平然としていたではないか。そして現場にいた可能性がある子どもの名前を教えてくれた。優斗は特に肝が据わっているわけではなく、どちらかと言えば臆病な方だが、それでもショックはさほど大きくなかったはずだ。他の、もっとしっかりした子なら、証言してくれそうなものだが……。

「知哉君が嘘をついているとは考えられませんか？」

「どうして嘘なんかつく必要があるんですか」

園長に反論され、大友は言葉を失ってしまった。子どもは、大人が考えているよりずっと小賢しいもので、平気で嘘――それもばれればれの嘘をつくものだが、今回は少し事情が違う。落ちて怪我しただけで、どうして「犯人」がいるようなことを言うのか。子どもの心は簡単に理解も推測もできないものだが、嘘だとしたらあまりにも理不尽だ。

「知哉君もねえ……」園長が溜息をついた。「元気過ぎますから」

「元々、お迎えの時間には、ジャングルジムに登ってはいけないことになっているそうですね」

「目が行き届かないこともあるので。事故が起きると、最近は本当に大変なんですよ」

「クレームがすごいそうですね」

「ええ……」

「今までにも？」

「何度もありましたよ」

園長が立ち上がる。ひどく苦労しているように見えるのは、椅子が小さいからだ。子どもたちを緊張させないようにと、職員室ではなく教室で話を聴いたのだが、当然椅子は大人には小さ過ぎる。大友の足も、いつの間にか痺れていた。

「大変な時代になりましたよね。誰でも不満だらけで」

「奥さまは……そういう中ではほっとする人でしたね」

「そうですか？」いきなり菜緒の話を持ち出され、胸がちくりと痛む。

「自然にリーダーになれる人でしたから。彼女がいると、揉め事が起きないんですよ」

「睨みを利かせていた、ということですかね」

「いえ、その場の雰囲気を和ませてしまうというか……惜しい人を亡くしたと思っています」

「たぶん僕の方がずっと、惜しいと思っています」

沈黙。そして微妙な空気が流れた。それに耐えきれなくなったのか、園長がふっと視線を外す。大友は小さく息を吐いて、話を変えた。

「知哉君は、どんな子なんですか」

「運動神経がいい子ですよ。体操クラブにも通ってるんですけど、将来有望だそうです」

「有望というのは……」

「それこそ、オリンピックを狙えるんじゃないかっていうぐらいです」

「こんな小さい時から、そんなことが分かるんですか」大友は自分の腹の辺りで手を動かした。

「中国なんかだと、本当に小さい時から、エリート教育をするんでしょう？　専門家が見れば分かるんじゃないですか。それに、砂場でよく、何て言うんですか……体操の技を見せてましたよ」

「バク転、バク宙、みたいな感じですか」

「そうですね」

六歳でそこまでできるものだろうか……いや、運動神経のいい子なら不思議ではないだろう。以前、テレビのニュースか何かで、体操クラブに通う子どもたちが、重力を無視したような動きを見せるのを観て、驚いた記憶がある。

「分かりました」何が「分かりました」か分からなかったが、取り敢えず口にしてみた。事情聴取でできることには限りがあるだろう。ここはまた、別の手を考えないと。

大友は「現場百回」という刑事の基本を思い出していた。


現場といっても、ジャングルジムなんだけどな……しかし、もう一度きちんと調べなければならないという意識があったので、今日は巻尺を用意してきている。菜緒が愛用していたのは、何故かプロが使うような、メジャー部分が金属製のごついものだった。

ジャングルジム全体について調べてみる。鉄棒で形作られる立方体は、昨日目視で予想した通り、正確に一辺五十センチだった。四段目の上まで二メートル、上段まで入れると二・五メートル。あとは、血痕がついた場所……下から二段目の横棒に、まだ茶色い血の跡が残っている。一応巻尺で計ってみたが、やはり地面からぴったり一メートルのところだった。六歳の男児の平均身長は確か百十センチ台だから、額がぶつかったとしたら、まさにこの辺りだろう。

額？

大友はかすかな違和感を覚えた。ジャングルジムの方を向いた格好で額がぶつかれば、確かにこの位置に血痕が残るだろう。しかし、「突き落とされた」としたらどうだ？

自宅には、知哉の父親、福田がいた。知哉一人を相手にするのもまずいが、父親がいると何かとやりにくい。どうしたものかと思ったが、この疑問をいつまでも抱えておくわけにはいかなかった。

福田はいきなり喧嘩腰だった。

「あんた、刑事なんだって？」

「ええ」まだ、延長した忌引きの最中だが。

「この件を調べてるのか？」

「気になりましてね」

「警察沙汰にするなら、俺はいつでも話をするよ。知哉をこんな風にした人間は絶対に許さない」

その知哉は、どこか居心地悪そうにしていた。頭には包帯。それに、布団から出ていた左足にも包帯が巻かれていた。

「足の怪我はどうですか?」

「捻挫だよ。ただ、捻挫っていうのは、骨折よりも性質《たち》が悪いからな。これで、運動できなくなったらどうするんだよ」

「知哉君、運動神経は相当いいみたいですね」大友は、ベッドの前に立ちはだかる福田の肩越しに、知哉の顔を見た。「知哉君、体操、好きなのか?」

知哉が無言でうなずく。うつむいたまま、指先をいじり始めた。

「知哉君、もしかしたら、下りるのに失敗したんじゃないか?」

知哉の肩がぴくりと動いた。福田がいきなり食ってかかる。

「ちょっとあんた、何言ってるんだ。知哉は後ろから突き落とされたって言ってるんだぞ」

「その時間帯に、知哉君と一緒にジャングルジムに登っていた子に話を聞いても、落とされた場面は誰も見ていないんですよ」

「そんなの、誰かが嘘ついているに決まってるじゃないか」福田の耳は既に真っ赤になっていた。

「ちょっと聞いていただけますか」

大友が低い声で言うと、福田が唇を一文字に結んだ。刑事としての迫力はまだ失われていないようだ、と少しだけ安心しながら続ける。

「知哉君は、ジャングルジムの上にいて、後ろから突き落とされた、と証言しました。でも、その証言には不自然な点があるんです」

「知哉が嘘でもついたって言うのか」

福田の怒りをやり過ごして、大友は説明を続けた。

「血痕は、ジャングルジムの横棒についていました。疑い始めれば、それが本当に知哉君の血痕なのかどうかという疑問も出てきますが、そうだという前提で進めます。必要ならば、鑑定することも可能です」福田が何も言わなかったので、大友は知哉にうなずきかけて念押しした。「知哉君、君は体操が得意だよね」

知哉がかすかにうなずく。

「ジャングルジムから飛び降りるぐらい、何でもないと思ってる。実際、よく飛び降りてるそうだね」自分の身長の二倍近くのところから飛び降りるには大変な勇気が必要だろうが、体操クラブで飛んだり跳ねたりの練習を繰り返している知哉からすれば、何でもないことかもしれない。「一番上の段から飛び降りることもあったんだって？」

知哉は何も言わない。代わりに、唇をきつく噛んだ。

「そういうことをすると、危ないよな。知哉君が、運動神経に自信を持っているのはいいことだけど、思い切ってやるのは、体操クラブの中だけにしておいた方がいい」

「ちょっと、知哉が――」

「傷は額です」大友は父親の言葉を遮って自分の額に掌を当てた。「もしも、後ろから誰かに突き落とされたら、どうなりますか？　前を向いて落ちる格好になりますよね。そうなったら、ジャングルジムには後頭部をぶつけるんじゃないでしょうか」

「そんなの、ひっくり返って頭から落ちたら、額に傷がつくのが自然――」

「そうしたら、もっと大怪我になっていたと思います。この程度で済むわけがありません。それに、もしも相手と正対した状態で突き落とされたなら、当然誰がやったかは分かるはずですよね」

福田も唇を引き結ぶ。親子で同じような表情を浮かべていると、本当にそっくりだった。

「知哉君、もしかしたら、自分で飛び降りたんじゃないか？　空中でひねりを入れて」

知哉は無言だった。ただうつむき、また指先をいじっている。

「知哉君ぐらい運動神経がよければ、そんなことで失敗しないはずだよね。できて当然、と思ってるだろう」

知哉がこくりとうなずく。これで山は越えた、と大友は確信した。

「失敗したら恥ずかしい……だから、誰かに突き落とされたって言ったんじゃないか？」

「ちょっと……知哉がそんなことを?」

福田は動転していた。自分の息子が、見栄のために嘘をついたのが信じられないのか。

「知哉君」大友は福田を無視し、声のトーンを落として話し続けた。「君は二つ、間違ったことをしたと思う。一つは、あんなところから飛び降りたら危ないのに、飛び降りたこと。もう一つは、それで失敗して恥ずかしかったのを、誰かのせいにしようとしたことだよ」

「……ごめんなさい」力の抜けた声で知哉が謝った。

大友はふっと息を吐き、体の力を抜いた。

「あんまり無茶しないで欲しいんだ。怪我したら馬鹿馬鹿しいだろう? 知哉君の最高の技は……そうだな、二〇二〇年ぐらいのオリンピックで見せて欲しいんだけど。応援に行くからさ」

「幼稚園で、刑事の仕事をしてたんだって?」福原が呆れたように目を剝いた。

「頼まれましたので……それに、自分の子どもが通うところですから、危険があってはいけないと思いました」

「そうか」

久しぶりに出勤した捜査一課の大部屋。全員が忙しく立ち働いている中、大友は自分一人が取り残されたように感じていた。

「課長、一つ、お願いがあります」

「何だ」

「異動させて下さい」

「どこへ」

「刑事総務課」

昨夜、散々考えた末に思いついた結論だった。やはり捜査一課で仕事はできない。優斗を犠牲にするぐらいだったら、辞めて転職した方がましだ。しかし今は、新卒でも就職難の時代である。刑事という、比較的特殊な専門職しか経験していない自分が転職するのは、相当無理がある。

しかし、同じ刑事部内だったら……刑事総務課の仕事は多岐にわたるが、基本的には他の部署のバックアップ的な役割が多い。部内の仕事の調整、実務指導、教養や講習、それに統計。一線からは一歩引いて、行政的な仕事も多い。比較的時間に余裕があることは、大友にも分かっていた。優斗も間もなく小学生……学童保育などを上手く利用すれば、警視庁で働きながら、育てていくことも難しくないだろう。相当の荷重がかかるのは間違いないが、それぐらい、何とかするという覚悟はある。

優斗は、僕と菜緒の子なのだから。

「分かった」

福原があっさり言ったので、大友は慌てて顔を上げた。捜査一課長という立場からすれば、一人の刑事を異動させるぐらい簡単かもしれないが、それでもあまりにも返事が早い。

「実は俺も、同じことを考えていた」

「刑事総務課への異動、ですか？」

「ああ。あそこは捜査の主役じゃない。しかし、捜査の現場に近いことは間違いないだろう。時間の余裕はできるし、たまには他の部署の仕事を手伝えるかもしれない」

「ええ」

「大事なのは、仕事の感触を忘れないことだ。そのために俺は、時々お前を引っ張り出そうと思ってる」

「一課の手伝いですか？」

「一課でも二課でも、三課でも」福原がうなずく。「仕事を離れても、刑事の勘を養うことはできると思う。一種のリハビリだな……だいたいお前が、刑事を辞められるわけがないんだ」

「いや、子どものためなら……」

「だったら、幼稚園でどうしてあんなにむきになった？　普通、父兄の立場だったら、他の子どもの事故には首を突っこまないぞ。今はいろいろ、煩い親も多いからな」

「ええ」大友は福田の顔を思い出していた。

「とにかく、できるだけ早く異動できるように、人事にかけ合う。それでいいな?」

「ご面倒おかけします」大友は立ち上がり、頭を下げた。

「俺も、貴重な戦力をむざむざ失うつもりはないから……いいか、覚えておけよ。組織っていうのは、できる人間から先に抜けていくものなんだ」

「格言ですか?」

「そうじゃない。経験から分かってることだ。それで、最後に残るのは、その仕事の技術に優れた人間じゃなくて、政治が上手い人間だったりするからな。そういうのは馬鹿馬鹿しい……行っていいぞ。優斗君によろしく言っておいてくれ」

「ありがとうございます」もう一度頭を下げ、大友は一課長の前を辞した。

結局僕は、刑事なのだろう。刑事に必須の好奇心を抑えることができなかった。どれぐらい刑事総務課にいることになるかは分からないが、優斗に手がかからなくなったら捜査一課に戻りたい、という淡い希望もある。一課の方で、自分を必要としてくれればの話だが。

携帯が鳴った。実家……義母の聖子からである。あまり積極的に話したくない相手——正直言えば苦手ではあるのだが、今は非常時だ。すぐに通話ボタンを押す。

「大友です」
「あなた、引っ越す気はない？」
「どうしたんですか、いきなり」
「町田へ――こっちへ引っ越してきた方が、何かと便利じゃないかしら」
「面倒を見てもらうわけにはいきませんよ」
「そんなつもりはないわよ」聖子が淡々とした口調で言った。「でも、優斗のためには
ね……いざとなったらうちに来ればいいから、あなたも気が楽でしょう。でも、ご飯の
用意はしないわよ」
「食事ぐらい、自分で何とかします。絶対にちゃんと食べさせますから」何故かむきに
なって、大友は言い張った。
「それだけ言うなら、きちんとやってね。私は手助けしないから……そうね、引っ越す
なら、三月がいいでしょう。優斗も四月から小学校なんだから。手続き、早くしないと
いろいろ大変よ」
　勝手に決めつけて、聖子は電話を切ってしまった。
　何だか急に世界が回り始めた……人間は何度、新しいスタートを切るのだろう、と大
友は思った。

見えない結末

9月28日：夕方、突然福原捜査一課長に呼ばれる。明日、渋谷中央署の特捜本部に出頭しろ、という命令だった。詳細は現場で確認するように、と。どうも様子がおかしい。渋谷中央署の特捜本部は、犯人をいち早く逮捕して、仕事はもうまとめの段階に入っているはずだ。今さら僕に手伝えることがあるとは思えない。刑事総務課に異動してから初めての捜査一課長からの呼び出しだが、優斗の世話はどうしよう……夕飯の用意まで聖子さんに頼むのは気が引ける。できるだけ早く用件が済むといいのだが。

「刑事総務課の大友鉄です」

「知ってるよ」捜査一課強行班の係長、望月《もちづき》がむっとした表情を浮かべた。「それで？何でお前がここにいるんだ？」

「一課長の指示です」

「その指示の内容は？」望月が盛大に溜息をついた。

「それはこちらで確認するように、と言われています」

「おかしいな。ここにはお前の仕事なんか、ないはずだけど」

大友は思わず眉を吊り上げた。福原にからかわれたのだろうか？　いや、あの男には説教癖はあるが、下らない悪戯をするタイプではない。

「一課長に確認していただけますか？」

「冗談じゃない、何で俺が」望月が身を乗り出した。「お前が勝手に来たんだろう」

「いや、一課長の命令ですから」

「引っこんでろよ。刑事総務課が首を突っこむような話じゃない」

それはもっともだ——大友は思わずうなずいてしまった。刑事総務課の主な仕事は、一線で働く捜査員たちのバックアップや、研修の企画などである。基本的に捜査はしない。大友も、この春刑事総務課に異動してからは、主に研修を担当していた。IT犯罪の現状分析と対策など、今の刑事には必須のものから、現場の人間にすればどうでもいいことまで……そういう仕事にも次第に慣れてきた。何より、時間が読めるのがありがたい。毎日定時に引き上げられるので、優斗にきちんと手作りの夕飯を食べさせられる。一度もコンビニの弁当に頼ったことがないのが、密かな自慢だった。たまには外食になってしまうが、弁当よりはましだろう、と思っている。

いずれにせよ、ようやく仕事も生活も落ち着いてきた。

だからこそ、この状況には戸惑うばかりだった。久々に現場に送りこまれたら、「お前はいらない」と言われるとは。かすかな怒りを覚える。望月とは、知らない仲ではないのだ。大友が捜査一課にいた頃——一緒に仕事をしたことはないが、顔見知りではある。久しぶりではあるし、確かに刑事総務課の人間が首を突っこむ話ではないとは思うが、こういう言い方はない。

ただし大友は、正面切って怒りをぶちまけるタイプではない。

「だったら、このまま帰りますが、捜査一課長には何と報告しましょうか？」

望月が舌打ちして、目の前の受話器に手を伸ばした。大友を睨んだまま受話器を摑んだ後、五桁の番号をプッシュする。

「ああ、すみません。強行班の望月です……はい、ええ、大友が今来たところなんですが、どういうことでしょうか」望月の眉が吊り上がり、表情が一気に暗くなる。「いや、ええ、はい……それは、ご命令ならそうしますが、何の意味が？　え？　はあ……」

相当な難題をふっかけられているのだと分かる。福原もいい加減というか、もったいぶったところがある。こちらが言ったことぐらい、自分で判断して解釈しろ、とでもいうつもりなのだろうか。これでよく、あちこちの特捜本部事件がスムーズに運営されるものだ、と呆れてしまう。

望月が、受話器を叩きつけるように置き、大友を睨みつけた。

「小原《おはら》、それに三橋《みはし》と話せ、とよ」

「その二人が容疑者ですよね」

「ああ。何なんだ、いったい？」

「それは僕にも分かりませんが」大友は肩をすくめた。

「お前が知らないんだったら、俺が知るわけないだろうが。いったい、どういうことなんだよ」

大友は無言で首を横に振った。福原は何を狙っているのだろう。強盗殺人事件の容疑者である小原と三橋は、完落ちした、と聞いている。確かに大友は、取り調べに関しては自信を持っているが、完全に事実関係を認めた容疑者から改めて話を聴く意味があるのだろうか。取り調べに対しては素直に応じているらしいし、反省している様子も窺えるという。今さら自分が出ていく意味などないはずなのだが……。

「供述調書、見せてもらえますか」

刑事総務課にいると、大きな事件の捜査状況はよく耳に入ってくる。この件についても概要は知っていたが、詳しい取り調べ状況までは分からない。まず、これまで小原と三橋が何を喋ったかを知るのが第一歩だ。

「勝手に見てくれ」

望月が、傍らのファイルフォルダを引き寄せ、大友の方に押し出した。大友は身を屈めてフォルダを拾い上げ、空いているテーブルを捜した。捜査一課を離れて数か月。特捜本部の雰囲気は、既に懐かしい過去になってしまっている。長テーブルをいくつも並べて、学校の講堂のような感じになるのが常で、ここ渋谷中央署の特捜本部でも、馴染みの光景に変わりはない。刑事たちは出払っており――取り調べや裏取り調査で、日中はここにいないことが多い――使えるテーブルはいくらでもある。大友は、部屋の一番前で他のテーブルと向き合う格好で座っている望月から遠く離れて、部屋の一番後ろのテーブルにフォルダを運んだ。

コーヒーが欲しい……集中する時にはカフェインの刺激が必要だし、特捜本部の一角にはコーヒーサーバーも置いてあるのだが、少し迷った末に遠慮することにした。明らかに望まれていない状況で、コーヒーまでねだったら、本当に蹴り出されるかもしれない。

実際には、コーヒーの手助けも必要なく、大友はすぐに事件に没頭し始めた。事件捜査から数か月離れて、今ではすっかり刑事総務課の職員になってしまったと思っていたのに、実際には自分の中に、まだ捜査一課の刑事としての血が流れているのを意識した。

事件そのものは、それほど複雑なものではなかった。発生は十日前。午前一時過ぎ、渋谷区桜丘町の路上で、四十九歳のサラリーマンが突然襲われ、殴り倒された。犯人はサラリーマンのバッグを奪ってそのまま逃走。被害者は打ち所が悪く、病院に搬送後、急性硬膜下血腫で死亡が確認された。

捜査は、現場周辺の聞き込みを中心に行われた。特捜本部にとって幸いだったのは、近くのオフィスビルにある防犯カメラで、犯行の様子がそのまま撮影されていたことである。二人組が被害者の腕をいきなり背後から摑んでバランスを崩し、そのうち一人が顔面を殴りつけた。さらに膝の辺りを蹴りつけ、被害者が倒れかけたところで、もう一度顔面に、今度は肘打ち。被害者は、一瞬宙に浮くような格好で後ろ向きにひっくり返り、道路に後頭部を強打した。アスファルトの上で頭が激しくバウンドする勢いで、まさに生命の危機を感じさせる状況だった。

その間、もう一人の犯人は少し離れた場所に立ち、被害者が手放したバッグを拾い上げていた。犯行に要した時間は、わずか十秒ほどだったようである。

服装の特徴、目撃証言、それに現場の遺留品などから、犯行から数時間後、夜が明ける頃には、犯人の身元は割り出されていた。間抜けなことに、一人が定期券入れを落としていったのだ。定期券の他に、専門学校の学生証が入っていた。張り込んでいた自宅では空振りしたものの、朝方、刑事たちが学校を訪れたところ、揃ってやって来た二人組に遭遇。二人は軽く抵抗したものの逮捕され、二日後にはそれぞれ、「金欲しさにやった」と自供した。

特捜本部の仕事ぶりとしては、特に問題はない。犯人が間抜けだったという好条件があったとはいえ、極めてスムーズな捜査だったといっていいだろう。どう考えても、自分が入る隙などない。福原は何を考えているのだろうと、大友は首を捻った。

逮捕された小原透《とおる》と三橋祐介《ゆうすけ》は、いずれも二十歳。小原は東京出身、三橋は名古屋の生まれだが、ウマが合い、普段から行動を共にすることが多かったという。犯行動機については、二人とも「金が欲しかった」と供述している。単純、かつ乱暴な事件だ。

桜丘町か……大雑把に言えば山手線渋谷駅の西側、かつ玉川通りの南側に当たる一角で、大友の記憶では古いビルが建ち並ぶ、かなりごちゃごちゃとした街である。ランドマークと言えば、渋谷インフォスタワーとセルリアンタワーぐらい……しかし地図を見ると、専門学校がいくつか、それに小さな会社が多い街だと分かる。二人にとっては「巣」であり、裏の裏までよく知る街だったようだ。

「金欲しさ」とはいっても、実際に金に困っていたのは三橋の方だった。故郷を出て一人暮らしをしていたのだが、実家の商売が傾き、仕送りが途絶えがちになった。かといって、真面目にアルバイトで稼いで何とか自活しようというタイプでもなく、目をつけたのが酔っ払いのサラリーマンたちである。専門学校や大学、小さな会社が多い街には、安く呑める飲食店が多く集まるのが常だ。桜丘町も例に漏れず、夜が更けるに連れて、正体をなくしてしまう人が増える。時間の感覚がなくなるほど酔っぱらっている人も少なくない。二人は、その手の前後不覚の酔っ払いが、意外に多くいるのに気づいていた。

こいつらなら、簡単に襲って金を盗める——犯行の二週間ほど前から現場の様子を観察し、チャンスを狙っていたのだという。そして問題の日、ついに格好のターゲットを見つけて犯行に及んだ。

馬鹿か、こいつらは……大友は右手を広げて額を揉んだ。東京の多くの繁華街と同じように、深夜一時といっても、桜丘町は無人にはならない。それに今は、街のあちこちに防犯カメラがあって、監視されていることを知らないのだろうか。

この犯行には嫌なオチがついている。被害者は、二人が通う専門学校の事務職員だったのだ。そのため逮捕当初は、強盗ではなく怨恨の線があるのでは、と疑われたのだが、これはまったくの偶然だったらしい。学校側にすれば、いい迷惑だっただろう。被害者も加害者も学校関係者——まるで、学校が犯罪の舞台になったように思われるのではないだろうか。こういう時、ネットで無責任なことを書き散らす連中もいるから……大友は、学校側に少なからず同情を覚えた。

供述調書では、三橋は全面自供して、「大変なことをしました。亡くなった人に申し訳ない」と反省の色を見せている。一方小原は、「自分も強盗に加担したのは間違いないが、相手を傷つけるつもりはなかった。三橋が勝手にやり過ぎた」と責任を三橋に擦《なす》りつけている。それぞれが置かれた環境を表すような証言であり、三橋はうなだれ、小原は憮然としているであろうことが簡単に想像できる。

「それでどうだい、名探偵さんよ」

皮肉な声に顔を上げると、望月が大友を見下ろしていた。

「いや……」どうと言われても、一番困るパターンだ。調書には何もおかしな点がない。捜査は完璧。というより、簡単過ぎてミスする余地もない。何だか、愛想笑いを浮かべて逃げ出したくなってきた。福原の狙いも依然として読めない。

「本当は、課長に何か言われてきたんじゃないのか」

「具体的な指示は何もないんですよね」

「あのオッサンも……」望月が舌打ちした。しかしはっと気づいたように、口の前で人差し指を立てる。「余計なこと、言うなよ」

「言いませんよ」大友は苦笑した。悪口を知られるのが恐いなら、最初から言わなければいいのに。

「二人とも容疑は認めているんですね」

「ああ、最初の段階からな」

「調書を読んだ感じだと、三橋が主犯で小原が従犯ですか？　最初に腕を摑んだのはともかく、実際に暴行を加えたのは三橋ですよね」

「そもそも金に困っていたのは三橋の方だからな。小原は、麗しい友情で、それにつき合っただけじゃないのか」

「しかし、量刑で差がつく可能性もありますよね」

「ああ……そこは、うちが判断するところじゃないけどな」

「地検はどういう方針なんですか？　二人とも強盗殺人で起訴？」

「まだ決まっていない」望月が首を横に振る。「いずれにせよ二勾留は引っ張るから。方針を決める時間は十分ある」

実際には、共同正犯として二人とも強盗殺人の罪に問われるのではないか、と大友は読んだ。二人が協力して犯行に及んだのは間違いないのだから。調書の中でも、犯行の手順について事前に詳しく話し合っていたことが明らかにされている。

「先に腕を摑んだ方は手を出さない。注意を引くだけにする」

「必要以上には殴らない。相手が抵抗しなければ手を出す必要はない」

「一人でいる相手を狙うこと。少し尾行して誰かと一緒でないかどうか必ず確認する」

必ずしも綿密な計画とは言えないが、二人は事前に共謀して襲撃のやり方を決めたことも認めているわけだ。これでは言い逃れしようがない。

「ちゃんと計画を練っていた割に、最後が呆気なかったですね」

「元々犯罪的性向のない、二十歳の若造なら、そんなもんだろう。だいたい、平然と学校に行ったのが阿呆の極みだよ」

望月が鼻を鳴らす。

「そうですね。逃げようという気もなかったんでしょうか」

「ばれないと思ってたんだよ。ま、奴らがどれだけ阿呆かは、俺は論評する立場にないけどな。で、どうする？　二人と話をするのは構わないけど、今さら何かが出てくるとは思えないね」

「話します……話してみます」大友はフォルダを閉じて立ち上がった。何を求められているか分からないが、まずは話してみないと何も始まらない。


三橋は、中肉中背の男だった。防犯カメラの映像——犯行の様子を見ていない大友は、かなり大柄な男ではないかと勝手に想像していたのだが。しかも喧嘩慣れしているような……酔っ払いが相手とはいえ、あれだけ短い時間で相手に致命的なダメージを与えていたのだから、それなりの身体的能力と経験のある人間ではないかと思っていた。

しかし目の前にいるのは、人生を諦めてしまったような若者である。座った瞬間に溜息をつき、大友の顔を見ようともしなかった。覇気がないタイプかもしれない。元々かなり短く刈っていたらしい髪が、中途半端に伸びている。

「刑事総務課の大友です」

名乗ると、三橋が一瞬だけ顔を上げた。二十歳といってもまだ高校生のようで、細い顎が頼りない印象を加速させる。

「ちょっと話をさせてもらえないかな」

「話って、何を……」声もか細く、とてもあんな乱暴なことができるタイプには見えなかった。

「どうしてこんなことをしたかについて。いわゆる動機の問題です」

三橋が眉根を寄せた。動機については散々話しただろう。調書を読んだ限りでも、仕送りが途切れがちになってからの経済的な苦境を切々と訴えていたことが分かった。その言葉に嘘はあるまい。だからといって、裁判官が同情を示すとも思えなかったが。

「実家からの仕送りが途絶えがちになってたんだって?」

「それは……商売が上手くいかなくなって」

「確か実家の商売は、運送業だったね」

「はい」

「景気は悪いからね」今月、米大手投資銀行のリーマン・ブラザーズが破綻したばかりで、世界経済に与える影響の大きさから、「リーマン・ショック」という言葉が喧伝されている。日本でも、輸出企業のダメージが懸念されていた。そもそも十数年も長引いている不況が、これでさらに悪化するかもしれない。

それにしても、三橋はやけに素直だ。完落ちしているというから、これも不自然ではないかもしれないが。

「やっぱり不況の影響で？」

「それは……よく分かりませんけど」

「仕送りが途絶えがちになったのは、いつ頃から？」

「半年ぐらい前……」

「元々、月にいくら貰っていたのかな」

「八万です。家賃込みで」

大友はうなずき、頭の中で素早く計算した。三橋の家は、田園都市線で多摩川を越えた二子新地である。東京を出てしまうと急に家賃は安くなるものだが、それでも仕送りの大半がこのために消えてしまうのは間違いないだろう。

「家賃、いくらだったんだ？」

「四万です」

「それだと、ワンルーム？」

「そうですね、六畳で」

仕送りのうち、家賃が半分か……節約すれば何とかなる額のはずだが、今の学生は自分の学生時代とは違う、と大友はすぐに思い直した。大友が学生の頃は、携帯電話を持っている人間はほとんどいなかったが、今はまず通信費を考えなければならないだろう。

「バイトは？」

「少しずつしていたんですけど、そんなにしょっちゅうは……」

「専門学校の方が忙しかったんだね」

「そうです」

　ということは、学校は真面目に通っていたというわけか。こういう人間が、あんな凶悪な事件を起こすものだろうか……大友は一瞬、拭い難い違和感を覚えた。

「ということは、半年ぐらい前から、結構苦しかったわけだ」

「あの、家賃が引き落とせないって、大家の方から連絡があって」

「口座の残額が足りなかった？」

「そうです。毎月二十日ぐらいに俺の口座に仕送りを振り込んでもらって、そこから家賃とかを引き落としてもらってるんだけど……金が足りなくて」

　それがひどく恥ずかしいことのように思ったのか、耳が赤くなる。

「それで実家の方に確認したんだね？」

「はい」

「商売が思わしくないっていう話を聞いた時、どう思った？」

「あまりぴんとこなくて……家の仕事のことはよく分からなかったし、ずっと離れてたんで……」

「そうだよな」大友も同意せざるを得なかった。だいたい三橋は、家業の運送屋とは全く関係のない、商業デザイン関係の勉強をしている。家のことなど知る必要も、関心もないということなのだろう。「だけど、ちょっと分からないんだ」

「何がですか」三橋が、居心地悪そうに座り直した。

「金に困るのは分かる。大変だよね。でも普通、バイトして何とかしようと思うものじゃないのかな。確かに今は景気は悪いけど、手っ取り早く金を稼ごうと思ったら、手軽なバイトぐらい、いくらでもあるだろう」

「そうなんですけど、なかなか……」

「要するに、働きたくなかったのか？」

「働きたくないっていうか、時間がなくて」

うなずき、大友はこの若者の精神状態を推し量ろうとした。

極端なのだ――それが理解できない。思い切って、考えたことをそのままぶつけてみた。

「バイトで金を稼ぐのも大変だったとしたら、普段の生活費なんかはどうしてたんだ？」

「何とかやりくりして」

「それが間に合わなくなって、こんなことをしたんだよね？」

三橋が無言でうなずいた。顔を上げると、困ったように頰の内側を嚙んでいるのが分かる。

「ちょっと極端じゃないかな」大友はテーブルの上に身を乗り出した。

「極端？」

「金がないのは大変だ。それはよく分かるよ。僕も貧乏学生だったから、同じようなものだった。だからといって、いきなり人を襲って金を奪おうっていう発想は、どこから出てくるんだろう」

「それは……」三橋が唇を嚙む。「どうしようもなかったんで」

「そうかな？　だいたい、ただ金を奪うだけなら、ひったくりでも置き引きでも何でもいいわけだろう？」何だか犯罪を助長しているみたいだと思いながら大友は言った。

「それがどうして、あんなに乱暴なことをしたんだ？　反撃されたらどうするつもりだったんだ？　危険なことぐらい、簡単に分かりそうなものだけど」

「でも、こっちは二人だったから」

短絡的過ぎる。相手が酔っ払っているとしても、一人の人間を完全に制圧するのは難しいものだ。今回はたまたま上手くいったが、必ず成功する保証はない。既に否定されていることだが、大友は一つの疑問をぶつけることにした。

「まさか、相手が専門学校の職員だと分かっていてやったんじゃないだろうね」

「それはないです」言下に三橋が否定した。「そんな準備はしてないですから」

「暴力をふるったら、相手が死ぬかもしれないと思わなかったのか？」

「それは、まあ……」三橋の口調は歯切れが悪い。

「君、格闘技の経験は？」

「ないです」

「でも、平然と相手を殴りつけた……そういうのは、慣れていないと難しいんだよ。下手すると、自分が怪我をするかもしれないし」

「そうかもしれませんけど……あの、もういいじゃないですか。ちゃんと喋ったんだし」

それきり三橋は口をつぐんでしまった。どうにも不可解な態度であり、「完落ちした」という情報は嘘ではないかと大友は疑いを持ち始めた。

三橋と対照的に、小原は「いかにもそれらしい」タイプだった。髪を短く刈り上げ、右耳だけにピアスの穴が三つも空いている。ちゃらちゃらしていると同時に、目つきが悪かった。三橋との共通点は、中肉中背の体格ぐらいだろう。一言で言えば、今時の軽い若者。今時の若者？　自分がこんな言葉を使うのが信じられなかった。大友もまだ三十代の前半なのに。

「現場で、現金を奪ったのは君だね？」

「そうだけど、何か？」小原が不貞腐れた口調で言った。

「最初からそういう予定だった？」

「予定なんてないよ」

「じゃあ、三橋が勝手に殴ったんだ」

「臨機応変ってことで。やれる奴がやるってことです」小原が肩をすくめる。

「だったら、もしかしたら君が殴っていたかもしれないんだ」

「いや……俺は暴力が嫌いなんで」

そうは見えない……喧嘩慣れしているかどうかは、見ただけである程度は分かるのだ。そう言えば小原の場合、ピアスの穴が空いていない左耳が潰れているように見える。柔道やラグビーの選手の耳がよくこんな風になるが、片耳だけということはない。鼻にも明らかに折れた形跡があった。かなり激しい喧嘩を経験してきたのは間違いない。

しかし大友は、その推測を口にしなかった。暴力的な性癖のある人間だからといって、平気で人を殺すとは限らない。格言好きの福原が「虚心坦懐」と常々言っているのは守るべきだと思う。わだかまりなく、平静に捜査に臨むこと。

「今回の件、三橋が先に話を持ちかけた、と聞いてるんだけど」

「そうだよ。金に困ってたのは奴だから」

「君は、どうしてつき合おうと思ったんだ？」

「友情ですよ、友情」茶化した口調で発せられたその台詞は、宙に浮いた。本気で言っているのでないことは明らかである。

「友情で強盗につき合うなんていうのは、あまり聞いたことがないな」

「そういうこともあるって……実際、あったでしょう?」

「それで死刑になるのは、割に合わないと思うけどなあ」

「死刑? 死刑にはならないでしょう? 一人殺しただけだったら、そこまでひどいことにならないはずだけど」小原の口調はまだ気軽だった。そして、反省しているようには見えない。

「そういうことが全部分かっていて、やったのかな?」実際には彼の言う通りで、死刑判決が出る一番単純な基準は、複数の人間を殺害していることだ。「でも、そう上手くいくとは限らない」

「だけど俺は、手を出してないし」

「だから裁判官の印象がよくなると思ってる?」

「実際、そうじゃない?」

「そう簡単にはいかないと思うけどな」

二人はしばらく無言で睨み合った。小原の口の端が引き攣っているのに大友は気づいたが、緊張のためなのかどうかは分からない。何となく勘が鈍ったかな、と心配にもなる。捜査一課にいた頃は、人の顔色を読むのは得意な方だったのに。

「どうだ、何か分かったか」電話で報告を入れると、開口一番福原が言った。

「どうもこうも……何もないじゃないですか」

「そうか？」

「そうかって、課長は何か分かっているんですか？」

「俺は、特捜本部の細かい話までは一々聞かない。そうじゃないと、一課長なんかやっていられないからな」

「だったらどうして、僕をここへ押しこんだんですか？」

「それは、お前なら何か引っ張り出すかもしれないと思ったからだよ」

「何か疑わしい状況がある、ということですよね？　だけど、事件自体は綺麗にまとまってるじゃないですか」

「そうか」福原の口調は淡々としていた。

この人はいったい何が言いたいのだろう……何となく気持ちが釈然としない。長く続いた残暑もようやく去り、今日は雨、最高気温も二十度を切る予報だった。湿っぽくても、暑くないだけで快適と言える気候だったが、気持ちは空と同じように曇っている。

「とにかく、もう少し押してみろ」

「そう言われても……」

「おいおい、もう勘が鈍ったのか？　俺は、さぼらせるためにお前を刑事総務課にやったんじゃないぞ」

福原はいきなり電話を切ってしまった。このオッサンは……大友は溜息をついて、携帯電話を背広の胸ポケットに落としこんだ。捜査一課を離れると決めた時、福原から言われた言葉の数々を思い出す。「仕事を離れても、刑事の勘を養うことはできる」「お前が、刑事を辞められるわけがない」。刑事総務課の日々の仕事、それに子育てに追われて、今は捜査一課に戻ることなど考えられないが、勘が鈍らないようにと、福原がこの現場を与えてくれたのは分かっている。

それにしても、ひどい。難問なら解きがいもあるが、そもそも問題すら見せてもらっていないようなものではないか。

釈然としないまま、大友は事件現場に来ていた。玉川通りを渡る歩道橋を降りて、一本裏の道は、緩い坂が長く続く。細い道の両側には、飲食店や小さな会社が入ったビルが建ち並び、昼時のこの時間帯は人出が多い。しかし、犯行時刻の午前一時過ぎには閑散としているであろうことは容易に想像できた。

住所を確認しながら坂を上がり、犯行現場のビルの前に立つ。一階には不動産屋が入っており、玉川通りも見える場所だ。ずいぶん大胆な犯行と言わざるを得ない……人に見られる可能性は考えなかったのだろうか。あの二人はやはり馬鹿だ、としか思えなくなってくる。

この坂をずっと上がって行くと、やがてセルリアンタワーの裏側に出る。そこまで行く必要もないので、大友は裏道に入った。襲撃現場から逆に、被害者が最後に呑んでいた店まで辿るつもりであった。

細い路地を数分歩くと、「酒仙」の小さな看板が目に入る。ビルの地階にあるバーのようだが、今はシャッターが下りていて近づけない。振り返り、今歩いてきた路地を確認した。この店から犯行現場まで、千鳥足で歩いたとしても五分もかからないだろう。そして、若い男の二人組が待ち伏せしていても不自然ではない。周囲には何軒か呑み屋があり、呑んだ後でぐずぐず時間を潰しているようにしか見えないはずだ。

供述に矛盾はないわけか。依然として福原の意図が分からないまま、大友はたった今歩いて来た道を引き返し始めた。昼時だし、ついでに食事でも済ませておこうか……また犯行現場を通りかかり、ちらりと頭上を見上げる。ビルの二階の窓枠で、陽射しを浴びてかすかに光るものを見つけた。エアコンの室外機の横……防犯カメラだ。このカメラが、犯行の一部始終を捉えていたことになる。しかし、よく映っていたものだ。こういうカメラは大抵、かなり広角な映像を映し出すものだが、被害者が倒れていたのは、カメラのほぼ真下である。

ふいに、何かが気になった。

カメラは全てを映し出すわけではない。固定されているから、角度は常に一定。相手が動き回っていたら、映らない場面も出てくるだろう――しかし、それは問題ではないのだ。犯人二人は容疑を認めているし、この捜査に瑕疵《かし》があったとは考えられない。

福原も、言いたいことがあるなら言えばいいのだ。それを、こんな謎解きのような真似をして……時間の無駄ではないか。そもそも、どんな答えを出したら福原は満足してくれるのだろう。それも、いつまでに？　僕にはぶらぶらしている時間はないんだけどな、と大友は溜息をついた。この春、小学校に上がったばかりの優斗の面倒を見なければならないのだから。

最近は毎朝、新聞記事よりもチラシ広告をチェックするのが癖になっている。無駄なく食事を用意するために、スーパーのチェックは必須なのだ。今日は、自宅近くのスーパーのタイムセールで豚ロース肉が安くなるのが分かり、夜は生姜焼きを作るつもりだった。たれにみりんを加えて、少しだけ甘くするのが優斗の好みである。五時にはここを離れたいんだけどな……この状況だと、福原は許してくれまい。

優斗の面倒を見られなければ、刑事総務課に異動した意味がない。

とにかく、調べられるところから調べないと。二人に話を聴く以外だと、犯行の様子を確認するぐらいしかない。

大友は渋谷中央署に戻り、望月にビデオの閲覧を依頼した。望月は苛立ちを隠そうともせず、舌打ちした。

「何なんだよ、これは。査察か？　総務課は監察の仕事もするのか？」

「いや、僕にはそういう権利はありませんので」

「何も問題なく進んでいる捜査に水を差すような真似はして欲しくないな」

「僕もまったく同じ気持ちなんですけど」

「だったら、さっさと帰れよ。お前も、研修の準備なんかで忙しいんじゃないか。一課長には適当に言っておけばいいだろう」

大友は黙って、望月の皮肉をやり過ごした。望月も何も言わない。このままでは埒が明かないと思い、福原の名前を持ち出す。

「一課長が――」

「ああ、分かった、分かった」望月が面倒臭そうに首を振る。「課長の名前を持ち出されたんじゃ、しょうがない」

「誤解がないように言っておきますと、僕も、好きでやってるわけではないので」

「分かってるよ。まったくあのオッサンは……こういう謎かけみたいなことが好きだよな」

「あと、格言とか」

望月の顔がかすかに緩んだ。もう少しで笑い出しそうな表情である。仕事は間違いなくできるのだが、「困ったオッサン」というのが、捜査一課の刑事たちに共通する福原のイメージなのだ。

「あれで仕事ができなかったら、とっくにどこか遠くに飛ばされてるんだろうが……仕事のことでは頭が上がらないからな」

「そうですね」刑事になってから、ずっと捜査一課一直線。生き字引のような人でもあり、叩き上げの刑事としても、一目置かざるを得ない。

「しょうがねえな」望月が、傍らに置いたプラスティック製のボックスに手を突っこみ、一枚のＤＶＤを取り出す。「ほら。その辺のパソコンを使って適当に見てくれ」

「どうも」ただＤＶＤを渡すだけなのに、ずいぶん偉そうにするものだ。そんなに嫌なのか——皮肉に考えながらも、大友は素直に受け取った。望月が一々突っかかってくるのも理解はできる。これは彼の事件なのだ。綺麗にまとまるのは時間の問題で、もう表彰と、その後の打ち上げで呑む美味いビールに考えが飛んでいるだろう。それを、横からちょこちょこ出てきて——しかも捜査に関係ない刑事総務課の人間である自分が——引っかき回しているのだから、鬱陶しい限りだろう。

大友は室内を見回してパソコンを捜した。幸い、望月が座っている場所から離れた後ろの方で、一台のノートパソコンが立ち上がっているのを見つける。席につき、DVDを突っこんで再生の準備を終えたところで、携帯が鳴った。同期の柴克志だった。

「何やってるんだ、お前」柴も不審気だった。「渋谷中央署の特捜にいるって聞いたけど」

「ああ」

「何か、問題でも？」

「いや、一課長に言われて来たんだけど……」

「おいおい、何だかはっきりしないな」

「それは……僕もはっきりしないんだ」

望月の様子をちらちら見ながら、大友は事情を説明した。

「何考えてるんだ、あのオッサン」柴も呆れたように言った。

「さあ、分からない」

「どっちにしろ、これでお前も一課復帰ってことになるのか？」

「それはないな」

「一課復帰なら歓迎するのに」

「お前に歓迎されても、ね」

「何だよ、同期の絆はどうした」

大友は思わず苦笑した。柴という男は、何かと押しつけがましいのだ。自分とは真逆のタイプであり、それ故ウマが合うとも言えるのだが。

「とにかく、課長が何を考えてるのか、僕にはまったく分からない」

「だろうな」

「今、暇だよな？」重要な用件でもないのに電話してくるぐらいだから、柴はどこかの特捜本部に入っているわけではない、と分かっていた。

「待機中だよ」むっとした口調で柴が答える。この男は、回遊魚のようなものだ。四六時中動き回っていないと、呼吸困難を起こす。今時珍しい、ワーカホリックと言っていいだろう。そして、自分が暇だと認めることを異常に嫌がる。刑事が暇なほど、世の中は平和なのに。

「暇だったら、ちょっと課長に探りを入れてくれないかな」

「馬鹿言うな。俺みたいなヒラの刑事が、一課長に直接質問できるわけがないだろう」

「何だ、それぐらいの度胸はあると思ってたのに」

「それとこれとは話が別だ」柴の口調は強張っていた。「しかし、がっかりだな。てっきりお前が捜査一課に戻ることになったとばかり思ってたのに」

「あり得ないな。まだ、刑事総務課に行って半年だよ」

「そうか……何だか、ずいぶん長く感じるけどな」

実際、僕にも長い半年だった、と大友も思う。妻の菜緒を交通事故で亡くしたのが、今年の二月。その後の怒濤の日々……優斗が小学校に入学するタイミングで、菜緒の母親・聖子が住む町田に引っ越し、自分は刑事総務課に異動した。基本的に五時には仕事が終わる部署なのだが、代わりに家事で時間を取られるようになった。掃除、洗濯、食事の用意。それに加えて、学校行事に参加することも少なくない。捜査一課時代にはまったく手つかずだった有給休暇を、既に何日も消化していた。

忙しない日々はあっという間に過ぎ去るものだと言うが、大友にすれば、やはり長い半年だった。それまで以上に優斗と触れ合う機会が増え、濃密な毎日を過ごしてきたからだろう。

それは決して悪いことではない、と思う。家事は未だに不得意だが、世の父親に比べれば、子育てに百パーセントかかわっているという自負があり、今はそれが精神的な支えになっていた。久しぶりに特捜本部に座っている今も、ふと意識は優斗の方に向いてしまう。

もしかしたら、福原の嫌がらせか？　しばらく前に会った時、福原はまったく唐突に「再婚しろ」と切り出した。妻を亡くして半年少ししか経っていない男に対して言う台詞とは思えないが……福原の真面目な顔を思い出すと、必ずしも冗談とは判断できないのだった。こういう仕事を押しつけて、やはり母親がいないと子育てはやっていけないと思い知らせる？　いや、福原はそんな回りくどいことをするタイプではないはずだ。あの台詞が本気だったら、見合い写真を大量に送りつけてくるだろう。

　電話を切り、気を取り直してＤＶＤを再生しようとしたのだが、何故かハングアップしてしまう。パソコンの不具合だろうか……他に使えるパソコンはないかと周囲を見回したが、空いているのは目の前にある一台だけだった。何度かＤＶＤを出し入れしてみても、やはり上手くいかない。

「使いますか？」

　いきなり声をかけられ、大友は顔を上げた。Ａ４サイズのノートパソコンを持った若い刑事が、大友の前に立っている。ひょろりと背の高い男で、目が大きい。スーツが何となく合っていなかった。

「ああ……使わせてもらうと助かるけど」

「高嶋《たかしま》です」

　一課の刑事ではないな、と大友は思った。全員ではないが、捜査一課の刑事の大部分の顔は頭に入っている。

「刑事総務課の大友です。所轄？」

「はい。渋谷中央署の刑事課です」

　高嶋がパソコンをテーブルに置いた。大友がＤＶＤを挿入すると、すぐに動画再生ソフトが立ち上がり、防犯カメラの映像が映し出される。大友は背中を丸めるようにして、モニターを凝視した。いつの間にか高嶋が後ろに回りこみ、大友の背中越しに覗きこんでいる。気になって、思わず振り返った。

「何か?」

「あ、すみません」高嶋が一歩引いた。「この映像、あまりよく見ていなかったので、見てもいいですか?」

「特捜に入ってるのに?」言ってしまってから、しまった、と思った。特捜本部において、所轄の若手など単なる小間使いである。捜査の詳細に触れる機会など無いに等しいのだ。大抵は、本部からやってきた刑事たちの道案内や雑用で、一日が終わってしまう。

「すみません」高嶋が頭を下げた。

「いや、いいよ。一緒に見てみよう。何か分かったら教えてくれないかな」

「いいんですか?」

「一人より二人で見る方が、確実だろう? 今、特に仕事がないなら頼むよ」

「ありがとうございます」

高嶋が椅子を引いてきて、大友の横に腰を下ろした。大友は少しパソコンの向きを変え、彼にもよく見えるようにしてやった。

映像を最初まで戻して、見直す。夜中で暗いのと、映像が白黒なので判然とはしないが、少し上から見下ろした映像は、事件の様子をはっきりと伝えていた。

画面左側から、被害者がふらふらと歩いて来る。二人組の男がその背後から近づいて来た。二人ともニットキャップを被り、少しサイズの大きいデニムのジャケットを着ている。お揃いの格好で、正体を隠すつもりだったのかもしれない。

一人が被害者の腕を引くようにして後ろを向かせた。もう一人が、いきなり一撃。その時点で、被害者が肩に担いでいたバッグが吹っ飛び、道路上を滑っていった。直後、二人組の一人がその場を離れ、画面から消える。供述通りなら、小原がバッグを拾いに行ったわけだが……暴行は、数秒間の出来事だった。顔面を殴りつけた直後に膝を蹴りつける。被害者が前屈みになったところで、顔面に肘打ち。被害者が宙に浮いて勢いよく後ろに倒れるところまで、はっきりと映っていた。

暴行を加えていた男――三橋が駆け出す。画面の上部では、もう一人の男――小原の足らしきものが映っていた。二人ともほぼ全力疾走。画面から消えたところで、映像も終了した。

問題ない――はずだが、大友はかすかな違和感を覚えていた。何だろう。二人の行動は供述調書通りだ。一人が殴りつけ、もう一人がバッグを奪って逃げる。それにしても、金を奪うつもりなら、最初の一撃だけで十分だったはずだ。被害者はバッグを手放してしまっていたし、かなりの衝撃で戦意を喪失していたのは画面からも見て取れる。「必要以上に殴らない」ように打ち合わせもしていたのに……両手を前に突き出すようにしていたのは「助けてくれ」のジェスチャーだったはずだ。この映像には音声が入っていないが、もしかしたら実際に助けを求めて叫んでいたかもしれない。

もう一度、最初から見る。さらにもう一度。三回確認したところで、大友は顎を撫でた。やはり何かがおかしいのだが、何がおかしいのか分からない。

映像がストップする直前で再生を止める。その画面を凝視すると、かすかな違和感の源泉がようやく分かった。

帽子だ。

道路にニットキャップが落ちている。もう一度最初から見直すと、二人が被害者を襲った時には道路になかったものである。どうやら、被害者が手放したバッグを小原が拾いに行った時に、頭から落ちたらしい。このニットキャップは、変装のつもりだったのかもしれないが……待てよ。どうして映像はここで止まっているんだ？

大友は、傍らに置いた調書をめくった。犯人二人の、逮捕時の服装が書いてある。二人ともニットキャップを被っていた。やはり変装だったのだろうが……現場に落ちた小原のニットキャップはどうしたのだろう。一度家に戻って、新しいキャップを被ってきたのか？　それも不自然、というかあり得ない。供述調書によると、犯行後、二人は家には戻っていない。近くのカラオケボックスに立ち寄って、金——奪った金額は五万円だった——を山分けし、そのまま朝まで隠れていてから、専門学校に向かったのだ。当然、そんな時間に新しいキャップを手に入れるのは不可能だろう。

おいおい——大友はもう一度映像を確認した。やはり、二人が逃げ去り、被害者が現場で倒れている場面で映像は終わっている。被害者の傍らにはニットキャップ。高嶋は何か事情を知っているだろうか。訊ねようと口を開きかけた瞬間、部屋の前の方から望月の怒声が聞こえた。

「おい、高嶋、何やってるんだ！　用事はどうしたんだ！」

「あ、はい」弾かれたように高嶋が立ち上がり、ダッシュする。直立不動になった高嶋は、望月の説教を浴び続けた。

ああいう風に、説教を受けやすいタイプっているんだよな……同情しながら、大友はまだ違和感が払拭できていないことに気づいた。この映像に、まだ何かある？　そうかもしれない。それなら徹底して何回も見直すだけだ。

ふと顔を上げると、高嶋がこちらをちらちらと見ている。おいおい、説教を受けている最中にそんなことをしてると、望月の怒りのボルテージがまた上がるぞ——案の定、望月は「人の話を真面目に聞け！」と雷を落とした。

その瞬間、大友は第三の違和感に気づいた。今の高嶋の目——あれは、自分に助けを求めるような目つきだったではないか。いったい、特捜本部の中で何が起きているのだ？

頭からビデオを見直す。今度は一発で気づいた。二つ目の違和感の実体。

これは――大友は無意識のうちに立ち上がっていた。もう一度、あの二人に話を聴かないと。


今日二度目の事情聴取に対して、小原は不機嫌な様子を隠そうともしなかった。

「もう、話すことなんかないんだけど」

「こっちは、教えて欲しいことがあるんだ」

「へえ」詰まらなそうに言って、目を細める。ピアスの穴が空いた耳を引っ張り、椅子に背中を預けた。

「そのピアスの穴、いつ空けた？」

「それが何か？」

「教えてくれないかな。別に、隠すようなことでもないと思うけど」大友は両手を組み合わせ、テーブルに置いた。「高校を卒業してから？」

「春休み、かな」

「三年生の？」

「そうだけど、それが何か関係あるわけ？」

「逮捕された時に、ピアスは外されたんだよね？」

「返してもらえるんだよね？　あれ、高かったんだけど」

「もちろん返すよ」何十年後かは分からないが。「このピアスだね」

大友は、借り出してきたピアスをテーブルに置いた。ビニール袋に入っていても、派手な金色が目立ち、蛍光灯の光を受けて光っている。

「別に、ピアスをしてても問題ないんじゃないの？　何でこれを外されるわけ？」

「決まりなんでね……逮捕された時にしてたということは、犯行時にも外してなかったわけだ」

「まあね」また耳を引っ張った。「それが何なのよ」

「被害者を殴り倒したのは君だろう」

「はあ？」小原の右の眉が吊り上がる。「何言ってるの。俺は見てただけだから。バッグを拾っただけだから」

「最初からそういう証言だったね」

「そうだよ。実際そうなんだから、そうとしか言いようがないだろう」

「じゃあ、これを見てくれないか」

大友はパソコンの位置を、小原からも見えるように調整した。監視カメラの映像を再生すると、小原は目を細めて凝視していたが、終わった瞬間に、「だから？」と反発した。

「君の方から訂正してもらった方が楽なんだけど」

「訂正することなんてないよ」

「そうかな」

　大友はもう一度映像を再生した。途中、ちらりと小原の顔を見ると、こめかみを汗が伝うのが分かった。

「この男……バッグを拾いにいった男が走り出した瞬間に、ニット帽が道路に落ちている。一瞬だけ、頭がむき出しになるんだ。頭の——顔の右側が見えてるんだけど、これは君じゃない」

「どうして」

「君だったら、右耳にあるピアスが映ったはずだ。これだけ大きいピアスだから、目立たないわけがない。つまり、被害者を殴ったのは君で、金を拾いに行ったのは三橋だ」

「そんなの……夜中だし、映るとは限らないと思うけど」

「かなりぼんやりしてるけど、間違いないんだ。僕は、目はいいからね」大友は自分の右目を指さした。「この映像を静止画として切り出して、もっと鮮明に補正することもできる。そうすると、もう少しはっきり分かるだろうね。これは、あまりよくない状況だ……君は、自分が上手く逃げるために、嘘をついて三橋に責任を押しつけようとした」

「あいつも、自分がやったって言ってるだろう！」小原が両手をテーブルに叩きつけ、その勢いで立ち上がる。取調室に同席していた留置管理課の制服警官が、慌てて背後から両肩を押さえた。じりじりと体重をかけられ、小原の体が椅子の上に沈んで行く。

「否認したよ」

小原が両目を見開く。今や顔は汗に濡れ、目は充血している。

「共犯者を脅すのはまずいな」

「そんなこと、してない！」小原が叫んだ。

「この強盗計画を立てたのは君だ。三橋が金に困っていることを聞いて、手っ取り早く金を手に入れる手段として、強盗事件を起こすことにした。取り敢えず殴って相手を制圧し、その隙に金を奪う――そういう計画だったね。でも、君はやり過ぎた。相手が死ぬことまでは考えていなかっただろう」

小原が大友の目を凝視する。弱気が透けて見え、助けを求めるように唇が薄く開いた。

「朝になってニュースを見て、君たちは襲った相手が死んだことを知った。それで君はパニックになって、三橋に責任を押しつけようとしたんだ。殴ったのは三橋の方にする、ということで……三橋を脅したね」

「してない」否定する声にも力がなかった。

「だったら三橋が嘘をついているのかな？　彼は、自分が殴ったことにしておかないと、家族に危害を加えると言われた、と証言しているけど」

小原は何も言わなかった。ただ、テーブルに視線を落としてしまう。

「自分だけならともかく、家族にまで危害を加えられると考えれば、責任を負うのも仕方ないと思ったんだろうね。死刑にはならないという読みもあっただろうし。だけど、君のやり方は卑怯だな」

「冗談じゃない」

「それと君、三橋に金を貸していたそうだね」

小原が目を細めた。大友は、既に三橋から、隠された情報を全て引き出していた。金に困った三橋は、友人の小原に泣きついて金を借りた。その額は、十万円近くになる。大した金ではないかもしれないが、学生にしてはそれなりの大金だ。金の件を持ち出され、更に家族の件で脅しをかけられて、三橋は小原の要求に屈したのだった。

「……ったく」

「何だ？」

「警察なんて、簡単に騙せると思ってたのに」

「いや、それは無理だ」

「あんたが気づいたから？」

「そう。そしてはっきりしたことはまだ分からないけど、警察は警察で、余計なことをしていたんだ」

まさか、こういう方向へ話が転がっていくとは。大友は暗い気分を抱えたまま、福原に報告した。福原は非常に満足したようで、さらに「もう少し突っこめ」と指示してきた。

「突っこむって、誰にですか?」係長の望月か?

「強行班に、森長《もりなが》という奴がいる。知ってるか?」

「ええ、知ってますけど……」大友より二年ほど年次が上の巡査部長だ。あまり話したことはないが、いい評判は聞かない。仕事が雑だ、というのだ。

「森長は今回の特捜に入っている。すぐに摑まるはずだから、奴を絞り上げろ」

「絞り上げるって……つまり、そういうことなんですか?」先ほど福原に話した推理を頭の中で転がす。まさか、そんなことが? しかし森長の雑な仕事ぶりを思い出すと、あり得ない話ではないと思えてくる。「それにしてもこれは、監察の仕事じゃないんですか」

「一課の中のことは、一課で決着をつける。監察官室には首を突っこませない」

「それは——」ルール違反だと思ったが、指摘はできなかった。何だかんだ言って、捜査一課の人間はプライドが高い。何かトラブルを起こしたとしても、外部の人間の手によってではなく、自分たちで解決したがるのだ。

「とにかく、森長から話を聴け。はっきり確認が取れたら、もう一度連絡しろ。俺は待機している」

「あの……」

「何だ？」

「これから夕飯の準備をしなくちゃいけないんですが」

一瞬、福原が黙りこむ。しかしすぐに、「夕飯に間に合うように吐かせればいいだろう」とあっさり言った。

そんな短い時間で、どうしろというのか。腕時計を見ると、午後三時。あと二時間で決着がつけられるとは思えなかった。


森長は、最初からびくびくしていた。事情を聴くと言っても取調室を使うわけにもいかず、取り敢えず刑事課の前の廊下で対峙することにしたのだが、これもまずかった。忙しなく行き交う刑事たちも多く、落ち着かない雰囲気になっている。じっくり話を聴くには不適当な環境だが、まずは森長の反応を見ることが先決だ。

「森長さん、防犯カメラの映像の確認をしましたよね？　最初に見て、その後証拠として残すために編集もやっている」

「編集って……別に、ハードディスクにコピーしただけだよ」

「一部、カットしましたよね」

「してない」

「しましたよね？」念押しした。この期に及んで否認するつもりか、と頭に血が昇るのを意識する。「オリジナルの映像を先ほど確認したんです。二人組が現場から立ち去った後、一人が戻って来て、落としたニットキャップを拾って行く場面が録画されていましたよ。それが三橋だということは、はっきり分かります。つまり三橋は、犯行の途中からはニットキャップを被っていなかった」

「だから？」

「小原は、大きなピアスをしています。ニットキャップを被っていなければ、いくら暗くてもはっきりビデオに映るぐらいでしょう。ピアスの有無、帽子の有無……ビデオをよく見て、容疑者二人をしっかり観察していれば、簡単に分かることです。でも残念ながら、ビデオをチェックしたあなたは、最初それに気づかなかった。他の刑事たちがクロスチェックしても、見逃していたんでしょうね」

「そんなことは……」

「オリジナルのビデオには、ニットキャップを取りに戻る三橋の姿がはっきり映っていた。あなたはビデオを見返して、実際には小原が被害者を殴りつけた、という結論に達したはずです。でも、二人の供述は完全に固まっていて、ビデオは補足材料に過ぎなかった。もしもこのビデオの件を持ち出すと、二人の取り調べを最初からやり直すことになる——面倒だったんでしょう？　だから、映像を都合よく編集して話を終わりにしようとしたんですよね。編集というか、終わりの方をカットしただけで済んだわけですけど」

「してない！」

森長が叫ぶと、廊下を歩く刑事たちが足を止め、二人の方を見た。それに気づいた森長が、思わずうつむいてしまう。大友は無視して、さらに突っこんだ。

「面倒だったから、じゃないんですか」

もう一度指摘すると、森長が顔を上げた。口がぽっかりと開いている。

「あの二人は、三橋が暴行を振るったことにする、と合意していたんです。警察にもその通りに供述した。取り敢えず不審点はありませんでしたから、今のところ、それがそのまま調書にも書いてありますよね。防犯カメラの映像は、それをある程度は裏づけるものでもあります。ただし私は、あなたたちが見逃していたことに気づいてしまった。最初にピアスの有無に気づいていれば、二人の供述がおかしいと分かったはずですよね。後で何かおかしいと気づいた時には、もう二人の供述は固まっていた。気づかなかった他の刑事も問題ですね。ちゃんと見ていれば、絶対に分かったはずです。改めて証言を取り直すのがかなり面倒なのは、僕にも分かります。だからこそ、証拠用のビデオを、二人の証言に沿うように改竄《かいざん》した……でも、今ならまだ間に合います。もう一度調べ直して、供述をしっかり取ればいい。起訴前でよかったじゃないですか。起訴後だったら、えらいことになってましたよ」

「お前は……そんなことを調べるために特捜に入ってきたのか？」

答えようがない質問だった。福原は既に、この件を知っていたのではないだろうか……もしかしたら、特捜本部ぐるみで、事態を間違った方向へ押しやろうとしていると疑っていたのかもしれない。だがそれなら、何もわざわざ自分を投入しなくても……相変わらず彼の意図が読めなかった。

「誰が言ったんだ？」

「誰も言ってませんよ」

「お前が一人で気づいたのか？」森長が大友を睨んだ。「それともあいつが――」

森長がある名前を挙げた。それを聞いた瞬間、大友は心に刺さった小さな刺が抜けたように感じた。

高嶋は、居心地悪そうにしていた。間違ったことをしたわけではないのだから、堂々としていればいいのに……と思ったが、安心できるはずもない。

内部告発者は、その後の人生を、常にびくびくしながら生きていくことになるのだ。少しでも緊張を和らげようと、人目につかない署の屋上に誘ったのだが、あまり効果はないようだった。

「さっきの防犯カメラの映像だけど」

「はい」

「君は、森長さんが編集で肝心な場面をカットするのを見ていたね？　それとも手伝ってたのかな？」

「それは……やったのは自分です」

「言われて、命令通りにやっただけだろう？」

「……はい。森長さんは、パソコン操作が苦手なので」

「君は得意なんだ」

「映像の編集ぐらいなら、できます」

大友はうなずいた。そういう能力は重宝されるのだが、今回は間違った方向へ行ってしまった。

「目的は知ってたのか？」

「知りません——その時は知らなかったんです、本当に」高嶋が一歩進み出て、真剣な表情で訴えた。「あの防犯カメラの映像だということはすぐに分かりましたけど、目的までは……聞いたんですけど、『お前は黙ってやればいい』って言われて」

「先輩にそんなことを言われたら、逆らえないよね」

「……はい」

「後からビデオを見直したんだね？」

「そうです」

「その時に、森長さんが重要な証拠を見落としていたことに気づいた。当然、自分が証拠改竄の片棒を担がされていたことも分かった」

「はい」

「それでいきなり、捜査一課長に話を持っていったんだな？」

「……そうです」

「大した度胸だね」大友は肩をすくめた。彼のように下っ端の刑事が「おかしい」と騒ぎ始めても、耳を貸す人間はいないだろう。特に彼に近い署内の人間や、特捜本部の刑事たちは。身内に嚙みつかれるようなもので、いい気分もしないはずだ。そういう意味で、自分とははるかに離れた立場にいる福原に直接訴えるのは、悪いやり方ではない。福原の場合、最初から耳を貸さないということはないし。どんなに胡散臭い話でも、一度は話を聴くタイプなのだ。「それで、一課長は何て言ったんだ？」

「調べてみる、と」

「それで僕が、ここに送りこまれたわけだ」

福原にすれば、自分で調べたかったのかもしれない。だがそんなことができるはずもなく、僕を「代理」にしたわけだ。何しろ課長が直接調査に乗り出したら、話が大事になってしまう。いいように使われたわけか、と苦笑してしまった。こういうもったいぶった、というか秘密めいたやり方も、福原らしいと言えばらしいが。

「課長は、大友さんをここへ寄越す、と言っていました。あいつなら目がいいから、必ず気づいて見つけ出すはずだ、と」

「確かに目はいいけど……いきなり課長に話を持っていかなくてもよかったんじゃないかな」所轄の刑事にとって、本部の捜査一課長ははるか高みに仰ぎ見るような存在である。普通は、電話しようという発想すら出てこないはずだ。高嶋は度胸があると言うべきか、常識を知らないと言うべきか……。

「すみません、どうしていいか分からなくて」

「いずれにせよ、見過ごせなかったんだろう？」

「……はい」

「だったら、いいんじゃないかな。君は間違ったことをしたわけじゃない」僕にとっては大変なことだったわけだが。身内のミスを暴くような仕事……こんなことをしていたら、今後どんな仕事をやるにしても、動きにくくなるような気がしていた。

いや、やはり看過するわけにはいかないのだ。こういうミス、というかいい加減な捜査がまかり通るようになってしまったら、警察の存在意義そのものが疑われかねない。誰かがこういう事実を明るみに出さねばならなかったとしたら――自分でよかったのではないか。

どうせ自分は、刑事ではないのだし。かつての仲間たちから「裏切り者」と罵られても、失うものは少ないのではないか。

高嶋を放免してから、屋上の手すりに腕を預ける。首都高三号線と渋谷の街を見下ろす格好になり、強い風が吹きつけてきた。

これからどうすればいいのだろう……福原に報告して後の判断を仰ぐしかないが、どうにも気が重かった。電話もかけ辛い。

そんな気持ちを察したように、携帯が鳴った。福原。一つ溜息をついて、大友は電話に出た。それでも、いざ話し始めてみると、普段通りの報告ができた。

「よし、よくやった」珍しく福原が褒めた。

「そう言われても、あまり嬉しくないですね」大友としてはそう言うしかない。

「ま、俺の狙い通りということだ」

「何を狙ってたんですか？」

「お前のリハビリに決まってるじゃないか」

「リハビリ？」

「刑事総務課に行くことを決めた時、そう言っただろうが。時々お前を引っ張り出す。一種のリハビリだ、と」

「ああ」確かにそうだった、と思い出す。異動して半年、落ち着いたところで、福原は本気で僕のリハビリに乗り出したということか。「だとしても、こういう面倒臭い……ややこしい事件じゃなくてもよかったんじゃないですか」

「ややこしい事件だからこそ、お前の出番なんだろうが。今回の一件、俺は若い刑事から直接相談を受けたんだ」

「今、高嶋本人から聞きました」

「そうか」

「いい度胸してますよね。捜査一課長に直接電話するなんて、僕には考えられません」

「お陰でこっちは、致命的な失敗を犯さずに済んだわけだ。高嶋には感謝しないといけないな」

「それで……僕は課長の名代、ということですか？」

「そういう風に考えてもらってもいい。いずれにせよ、一課の人間を調査に出すと、いろいろ不都合もある。課の違うお前なら問題なく調査を進めてくれると思っていた。俺の思惑通りだよ」

「はあ」

「ま、ご苦労だったな……それで、どうだった？」

「どうって、何がですか」大友は体の向きを変えて、また渋谷の街を屋上から見下ろした。

「久々に捜査をしてみて」

「捜査、という感じではなかったですけどね。どちらかと言えば調査、でしょうか」

「言葉はどうでもいい」

それは……懐かしかった。数か月前の自分は、毎日こんな風に知恵を絞り、足を使って事件に挑んでいた。それが日常であり、捜査の糸口を摑んだ時の快感のために仕事をしていたとも言えるのだが……子育て優先で刑事総務課に移った後は、そういう快感を忘れていた。

「とにかく、お前なら何とかしてくれると思っていた」

「ええ」

「これから、もっと難しい事件の手伝いをどんどんやってもらうからな」

勘弁して下さい、と言いかけ、大友は言葉を呑んだ。これはむしろ受けて立つべきことではないか。感覚を忘れないために――いつか、捜査一課に復帰するために。

「後のことはこっちに任せろ。今日はこれで終わりだ」

「はい」

「で、今日の夕飯は何だ？」

「生姜焼きの予定ですけど」そうだ、タイムセールに間に合わせないと。

捜査に戻るのは、案外簡単かもしれない。難しいのは、そこから再び子育ての日常に気持ちを切り替えることだ。

電話を切って歩き出す。いつの間にか妻の菜緒の顔が脳裏に浮かんでいた。ちょっとだけ、後ろめたい。優斗のことは大事だけど……ごめん、やっぱり楽しかった。こういう緊張感を一度味わってしまうと、二度と逃げられないのかもしれない。たぶん僕は、これから悩むことになるだろう。子育てか、仕事か——せめて、悩むことを君には許して欲しい、と大友は思った。

特別対談　池田克彦（第88代警視総監）×堂場瞬一

警察官のワークライフバランス

堂場　お久しぶりです。お会いするのは、新聞記者として警視庁を取材していた頃以来ですから、二十数年ぶりです。

池田　堂場さんが当時、読売新聞の記者として接していた方とは知らなかったので、お会いしてびっくりしました。私は一九九〇年に警視庁総務部広報課長になって、そのあと警備第一課長をやっていましたから、報道のみなさんとは付き合いが長かったんですよね。

堂場　比較的事件が少ない時期だったのを覚えています。シビアなやり取りはなかったですね(笑)。

池田　新刊の『親子の肖像』、非常に面白く読ませて頂きました。事件もさることながら、警察官の生活をていねいに描いておられて。

堂場　「アナザーフェイス」シリーズはどちらかというと、家族小説の趣《おもむき》が強いんです。シングルファーザーの刑事が子育てをしながら事件に関わっていくという設定で始めたシリーズなんですが、今日は、現代の警察官のワークライフバランスについて、詳しく伺いたいと思っています。僕らからすると、警察官は夜も昼も、土日も関係なく、何かあったらすぐ現場に出て捜査している印象が強いのですが、家族関係とのバランスをとるのが大変ではないでしょうか。

池田 もちろん夜も昼もなく働いているところもありますが、一般的なイメージと違って捜査一課なんか、必ずしもそういう状況でもない。以前より殺人などの特捜事件が減っていますからね。実際、待機時間が長かったりしますし。じつは警視庁で一番超勤が長いのは贈収賄や経済犯罪を扱う捜査二課なんです。夜の情報収集活動が相当あるためですが。

堂場 昼間会えない人がけっこういて、どうしても夜や週末がつぶれてしまうんでしょうね。二課のみなさん、不健康そうな顔してます。飲み過ぎなのかな？

池田 それもあるでしょうね（笑）。ちなみに私が警視庁で警務部長をやっている時、本部の超勤の多い人を十人選んだら、九人が捜査二課でした。もうひとりは警護、つまり、ＳＰでした。昔とは違って、きっちり仕事の管理をしてから超勤命令を出すよう改善していっているんですが、それでも多いですね。

堂場 だから、捜査二課の担当記者も顔色が悪くなるわけですよね。噂だけ流れて立ち消えになる話も多いですし、胃が痛くもなります。

池田 記者さんも大変だと思います。今はいわゆるサンズイ（汚職・収賄事件）が昔に比べたらかなり減りました。私がある県の捜査二課長をしていたころは、全国でサンズイを挙げない県はバッテンがついてきたんですが、いまは挙げない県のほうが多い。ちなみに以前サンズイが一番多かったのは福岡県でした。

堂場　僕は一年半、警視庁のクラブにいたんですが、サンズイは一件か二件だけだったかな？　最近、地方では時々あるものの、中央ではほとんど聞きませんね。いわゆる経済事犯、詐欺とかのほうに捜査の重点がシフトしている印象があります。隠す手口がうまくなったのか、多少は倫理観が働くようになったのか。

池田　後者が大きいと思いますね。割に合わないというのもあると思います。起訴金額は、いちがいに言えませんが、月収の半分くらいでも起訴されることもあります。三十万の人なら十五万円ですね。そんな時代の変化の中、二課もできるだけ残業を減らし、コンパクトに仕事をやって業績を上げようという流れになっています。

堂場　成果主義に近い考え方ですね。

池田　そうです。すぐれた署長のところはどんどん超勤を減らしていますよ。その上で、実績を上げている人が手当をもらえるようにしようという発想。ずいぶんスリム化が進みました。ただ昔から無理する人がいるのも事実で、職員の間で、「無理すれば、無理をするなと、無理をいい」という標語が陰で流行ったことも（笑）。

堂場　無理三連発（笑）。昔から警察官と新聞記者は辞めたあと早く亡くなると言われてますよね。

池田　その噂が本当かどうか疑問ですが、仮にそうだとすると、ひとつは交代制勤務が原因だと思いますね。超勤よりもむしろ交代制勤務で体のバランスを崩す方がいるのではないでしょうか。

堂場　昼、宿直明け、非番のくり返しで、慢性的に時差ぼけ状態ですよね。

池田　警視庁の交番は、第一当番、第二当番、非番、日勤で回すんです。他県は当番、非番、日勤の三交代で回すんですけど。第一当番というのは交番にいるのが朝から夕方まで、第二当番は夕方から翌朝まで、その次が非番。当番の時に夜中にずっと徹夜したり、二人勤務で片方が起きて片方が寝るというのを三時間交代でやったりもします。ただ、実際には歌舞伎町や上野の公園あたりは取り扱いがだいたい夜中で、一人や二人じゃ回せないですから、みなさんずっと徹夜してると思います。

堂場　夜勤のハードさは勤務地によりけりなんですね。警視庁本部へ行く前、サツ回りをしていた渋谷も夜がきつそうでした。

池田　渋谷を含めた第三方面（世田谷区、目黒区、渋谷区）も非常に事件の多いところですからね。警備事象も多いんですよ。

海外と日本の警察組織の違い

堂場　最近、海外の警察のことを調べているのですが、たとえばアメリカだと普通に警察に組合があったりして、警察活動が日本とはかなり違います。金曜日に殺しが起きても土日は休んでしまう。「え、行かないの?」と驚くのですが。

池田　そうですね。ロサンゼルス市警の土日の受付をしてる人はボランティアですからね。

堂場　どちらかというと民間の警備会社に近いような感覚もあると聞きます。あと最近知ったんですが、ドイツは地域によって警察のシステムがまったく異なります。今度ドイツに行くので、そのあたりを詳しく取材するつもりですが。

池田　ドイツは連邦警察がありますね。

堂場　はい、それなのに各地域によって警察のシステムが異なり、階級の仕組みもよくわからないんです。僕らが慣れ親しんだ日本の警察の仕組みは、世界の中で比較すると、システム的には非常に効率的だと再認識しました。

池田　警察が全国で一元的な組織になっている国は少ないですからね。アメリカは州によって全然違うし、公園には公園警察っていうのがありますし。

堂場　大学の警察もありますね。

池田　そう、細分化されています。アメリカではわりと最近まで、全国の警察統計すらなかったんです。その数だって年間殺人で何人亡くなったか正確なところがわからない、州によって統計の取り方もさまざまですから。

堂場　だから未解決事件が多いのでしょうか。最近、北欧のミステリを読んでいたら、「四時だから帰るか」といった刑事の台詞が普通に出てくるんですね。そうやって比べると、日本の警察はずいぶん働いている。日本人全体がサービス残業大好きですからね。ではワークライフバランスといった時に、「四時になったら帰る」「土日だから殺人捜査はしません」というのが果たしていい世界なのか？　いつも悩んでしまうんですよ。

池田　やはり人の命のかかった仕事は定時外でもやる、というのが正しい姿だと私は思います。

堂場　そうでないと、市民は不安でしょうがないですからね。

池田　ただ、ある捜査一課の女性刑事が、「男はなんでサッサと帰らないんだ」とぼやいていましたよ。捜査会議が終わって帰ろうとしたら、みんなが集まってビールを飲みながらグズグズ言ってて、「あんたたちが帰らないと私も帰れないじゃないか」って（笑）。

堂場　飲みたいなら、外に出て飲めと（笑）。

池田　好きで残ってるやつはいいんですけどね。ただ、そういう時の雑談で、意外と隣の班が何やってるのか把握したりもするんです。捜査に活きている面もあると思いますよ。

堂場　普段のコミュニケーションがなく急に現場に放り出されても、同僚のことがわからないですしね。グズグズ飲みの効用もあるわけですね。

幹部が集まって、単身高齢者対策!?

堂場　もう一つ興味があるのが、警察官と結婚についてです。昔よく聞いたのが、とにかく早く結婚しろと、二十三、四歳の職員に上司が話をもってくると。

池田　そうですね、早く身を固めないといい仕事はできないよという考えが非常に強くあります。たとえば機動隊なんかいくと、年に一回寮祭をやるんですが、そこにはいろいろな独身女性を呼んで盛り上がるんです。女性警察官だけじゃなく、出入りしている生命保険会社の若い女性や一般企業のＯＬさんたちを呼んで。そういう時に女の子を集めようと走り回るのはだいたい幹部（笑）。

堂場　結婚に関して、すごく面倒見がいいんですよね。よくお見合い話もってきたりして、すごいですよね。記者時代、なんで俺に声かけてくれないのかなと思ってましたよ

みたいな。

（笑）。警察が非常に家庭を重視している表れですね。家庭をもって初めて社会がわかる、

池田　私が警視庁の機動隊長をやっていた頃は、幹部で集まっては、単身高齢者対策をするわけです。「あいつは何とかしてやらなきゃいかん！」と。今はさすがにそこまでしないようですが。

堂場　プライベートなところには触れない、みたいな風潮は出てきているんですか。

池田　それはあります。結婚するかしないかは最終的には個人の問題ですから。随分以前は結婚していない人は警部になれなかったんですよ。

堂場　離婚もかなりマイナス評価になると聞きました。家庭を守れない人は管理職としてどうかと。

池田　さすがにそれも今はないですね。離婚していても、署長をやるのは珍しくなくなりました。

堂場　かなり一般社会の感覚に近づいてきたわけですが、それによって現場の警察官のメンタリティは変化してきましたか。

池田　以前に比べて、プライベートな部分に口出しされたくないという傾向は強まったと思います。でも今も昔ながらの規律は厳しくて、たとえば仲間と飲むときに二次会ってまずやらないんです。これは事故につながりやすいと。そういう意味ではプライバシ

ーでも仕事に影響するような規律は守るという文化は残っています。最後は締めていると思います。

堂場 それにしても警察官のお酒は、非常にピッチが速いですよね。三〇分もしないうちにあっという間にできあがる。

池田 たしかにペースは速い。

堂場 六時くらいから飲み始めて、夜九時くらいに事件が起きて現場に行くと、さっきまで飲んでいたはずの人が素面《しらふ》で来てるんですね。早く飲んで早く酔っ払って、早く覚ます。警察官には何度も潰されました（笑）。

池田 私からしたら、マスコミの人たちのほうがよっぽど飲み方が激しいですよ（笑）。

警察組織での女性の登用

堂場 いま女性の被害者対策のニーズも高まっていて、警察官に女性をもっと登用すべきという声もありますが、そのあたりはどうですか？

池田 いまは一生懸命やってます。女性警察官も現在八パーセントを超え、もう一息で一〇パーセントです。

堂場 でもまだ一〇パーセントですよね。

池田　これでもかなり増えてきていると思います。警察の場合、たとえば機動隊のようなセクションにはどうしても男性を配属しなくてはならないので、トータルで見て四割、五割にしろというのは、現実的に難しいんですよ。

堂場　ただ気をつけないと、女性が交通と総務・警務のほうに偏りがちになってしまうんじゃないでしょうか。今後、たとえば刑事部でもっと女性を増やそうという方向性はあるんですか？

池田　それはあります。二課、三課はけっこういますし、数字読みとか、女性のほうが根気よく仕事をやってくれますからね。

堂場　サイバー犯罪対策課とか、科捜研などでも活躍の場がありそうですね。例えば昔から、筆跡の専門家には女性が多い気がします。

池田　それこそ刑事総務課とか、各部とも総務課とつくところにもけっこういます。生活安全部、地域部、交通部あたりでは女性の管理職もどんどん出てきています。機動隊にも女性の副隊長がいますし、たとえば、光が丘署では、捜査一課の管理官から上がっていった女性が署長になっています。捜査一課の管理官をやったのは彼女が最初だったと思います。捜査一課で女性管理職が出てきたことは大きな前進です。

堂場　やはり捜査一課は、一番荒っぽく厳しい部署なので、そこで女性が活躍するというのは、今後のモデルケースとなりますね。東京は保育所の待機児童の問題も深刻ですし、子育てしにくいですよね。警視庁は地方出身者がけっこう多いと思うのですが、子供をどう育てるかはシビアな問題になっていませんか。

池田　おっしゃる通りです。昔は警察官同士の結婚だと、女性が辞めることが多かったのですが、いまそのパターンは減りました。じつは女性警察官の支援のため、以前警視庁の職員組合で保育所を作ったんです。ところが厚生労働省から待ったがかかってしまった。保育所として公認するためには児童を一般公募してくださいと。いろいろあって、職員専用の形では実現しなかったんですが。

堂場　昔は所轄に行くと、ベテランの女性をほとんど見かけませんでした。みんな早めにお嫁に行って辞めてしまって。最近は長く務めている人が結構いるんじゃないですか？

池田　いま、地方から出てきた警察官の子弟が警官になる例が増えていて、いわゆる二世が多いんです。そういう意味で、子育ての環境は以前よりはよくなってきました。

堂場　シングルファーザーで子育てをしながら仕事をしている警察官はいますか？

池田　離婚をしている人はいますが、たいてい奥さんのほうが子供を引き取っているようなので……、そういうケースはまだ私は聞いたことがないですね。

時代の要請による変化

池田　今回の『アナザーフェイス0』の「薄い傷」では、大友鉄が女性アナウンサーの家庭問題の相談にのるでしょう。夫のDVについて。このあたりの書き方がとても現代的で面白かったんですが、いまは「民事不介入の原則」っていうのは一切言わないんですね。現在は警察学校でも教えていないんです。

堂場　恋愛や夫婦関係をこじらせた境界線上の、ストーカー事件が増えてきたからなんでしょうか？

池田　それもありますが、法理論としておかしいという指摘は以前からありました。一番最初は昭和五〇年代に議論になったのですが、民事不介入の原則は、ドイツで概念上の警察に対して言われていた考え方で、現実の警察活動とは関係がないじゃないかと。

堂場　それを言い訳にして仕事をやらないケースもあったでしょう。

池田　そうですね。ただ、長らくこの言葉が使われていたのは、たとえば交番にいると離婚したいというような訴えが来るんですよ。そんな時にお引き取りいただく一番うまい理由付けに、「民事不介入の原則があるからふたりで話し合ってください」と言っていたんだと思います。もう一つは債権争いの際、まず告訴して警察にいろいろ調べさせて、取引に利用しようとする人がけっこういるので、そこに一線を引く意味もありました。

堂場　でも現実的には、家庭の問題を見逃してしまったがために、エスカレートして殺人事件になってしまうようなケースが出ています。

池田　そう、時代の要請にあわせて、そのあたりの対応は大きく変わりました。

堂場　ところでもう一つ時代の変化という点でいうと、取り調べの可視化が避けられない流れになってきましたね。これはかなり大きなターニングポイントで賛否両論ありますが、私はマイナス面のほうが大きい気がしています。

池田　あれは、取り調べテクニックを独自に磨いてきた人にはそうとう嫌な事だと思います。捜査一課は今だいたい一班十人編成ですが、その中には証拠集めが非常に得意な人もいれば、大友鉄のような取り調べの達人もいる。取り調べのエキスパートはだいたい警部補クラスなんですが、ほかの連中が引いてきた被疑者を落とせないと存在意義がないんですね。だから、そこに己の仕事を懸けていて、取り調べの方法は同僚にも見せないほどです。

堂場　全部オープンにされてしまうことには強い抵抗感があるでしょうね。

池田　通常、立会人には気心が知れている者をつけるんです。だいたいは警部補が取り調べて後輩が立ち会うことが多いのですが、その技術は一子相伝のようなもの。もちろん上司の警部とかは別室から見ていることもありますし、警部自身が調べることもありますが。

堂場　よくテレビドラマであるような、取り調べで引っかけをやるのはダメでしょう。相手にしゃべらせるために罠を張るようないい方は。

池田　それはダメです。絶対やるなと言っているのが、共犯がいて、いかにももう一人の共犯が吐いたようなニュアンスで伝えてしゃべらせ、もう片方にも同じようにやること。これを「切り違え」というんですが、一番やってはいけない。

堂場　それをやると公判でバレますからね。間違いなく弁護士が突いてきますもんね。やはり姑息な手は使うなと。

池田　そうです。あと取り調べで怖いのはすぐ自供する者。すぐ自供する者は楽そうに見えるのですが、嘘を言っている可能性があります。被疑者によっては相手に迎合するタイプの人がいて、「あの事件やっただろう」と何回か言われているうちに、偽の自供をする場合があるので、そこは慎重を期します。いろいろな経験知の集積やテクニックがそこにはあるわけですが、本書の「取調室」じゃないけど、結局は人間性に訴えるのが一番うまい取り調べなんですよ。

堂場　昔ながらの人情じゃないけど、それは絶対必要ですよね。調べているほうの人格が問われるとよく聞きます。取り調べは、全人格をかけた闘いだと。

池田　おっしゃる通りです。ところで、大友はこの先、出世しないんですか？

堂場　階級的にはいま巡査部長という設定ですが、それは考えてもみなかったですね（笑）。

池田　巡査部長なら、次は警部補になるしかないですね。警部補になったら警視庁の場合、最初は地域の交番をやらされるでしょう。でもすぐ引っ張られて署の刑事課の係長になるのはどうですか。

堂場　思わぬご提案がでました（笑）。

池田　これからも楽しみにしています。

堂場　今日はありがとうございました。

池田克彦（いけだ・かつひこ）元警視総監。一九五三年、兵庫県生まれ。七六年、京都大学法学部卒業、警察庁入庁。警視庁第七機動隊長、警視庁警備部長等を経て、二〇一〇年に警視総監に就任。二〇一二年より、原子力規制庁長官（初代）を務める。

初出

取調室　「オール讀物」２０１３年８月号
薄い傷（「傷」を改題）
　「オール讀物」２０１３年10月号
親子の肖像　「オール讀物」２０１３年12月号
隠された絆　「オール讀物」２０１４年２月号
リスタート　「オール讀物」２０１４年４月号
見えない結末（「見えない捜査」を改題）
　「オール讀物」２０１４年６月号

文春文庫

親《おや》子《こ》の肖《しょう》像《ぞう》

定価はカバーに表示してあります

アナザーフェイス0

2014年10月10日　第1刷

著　者　堂《どう》場《ば》瞬一《しゆんいち》

発行者　羽鳥好之
発行所　株式会社 文藝春秋

東京都千代田区紀尾井町 3-23　〒102-8008
TEL 03・3265・1211
文藝春秋ホームページ　http://www.bunshun.co.jp

落丁、乱丁本は、お手数ですが小社製作部宛お送り下さい。送料小社負担でお取替致します。

印刷・凸版印刷　製本・加藤製本
Printed in Japan
ISBN978-4-16-790197-4

（　）内は解説者。品切の節はご容赦下さい。

堂場瞬一
アナザーフェイス

家庭の事情で、捜査一課から閑職へ移り二年が経過した大友だが、誘拐事件が発生。元上司の福原は強引に捜査本部に彼を投入する……。最も刑事らしくない男の活躍を描く警察小説。

と-24-1

堂場瞬一
敗者の嘘
アナザーフェイス2

神保町で強盗放火殺人の容疑者が、任意同行後に自殺、その後真犯人と名乗る容疑者と幼馴染の女性弁護士が現れ、捜査は大混乱。合コン中の大友は、福原の命令でやむなく捜査に加わる。

と-24-2

堂場瞬一
第四の壁
アナザーフェイス3

大友がかつて所属していた劇団「アノニマス」の記念公演で、ワンマンな主宰の笹倉が、上演中に舞台の上で絶命する。その手口は、上演予定のシナリオそのものだった。（仲村トオル）

と-24-3

堂場瞬一
虚報

有名教授が主宰するサイトとの関連が疑われる連続自殺事件。それを追う新聞記者がはまった思わぬ陥穽。新聞報道の最前線を活写した怒濤のエンターテインメント長編。（青木千恵）

と-24-4

堂場瞬一
消失者
アナザーフェイス4

町田の駅前、大友鉄は想定外の自殺騒ぎで現行犯の老スリを取り逃がしてしまう。その晩、死体が発見され……警察小説の面白さがすべて詰まった大人気シリーズ第四弾！

と-24-5

堂場瞬一
凍る炎
アナザーフェイス5

「燃える氷」メタンハイドレートをめぐる連続殺人事件。刑事総務課のイクメン大友鉄最大の危機を受けて、「追跡捜査係」シリーズの名コンビが共闘する特別コラボ小説！

と-24-6

黒川博行
煙霞《えんか》
学校理事長を誘拐した美術講師と音楽教諭。馘首の噂に踊らされ、正教員の資格を得るための賭けに出たが、なぜか百キロの金塊が現れて事件は一転。ノンストップミステリー。（辻　喜代治）
く-9-9

今野　敏《びん》
曙光の街
元ＫＧＢの日露混血の殺し屋が日本に潜入した。彼を迎え撃つのはヤクザと警視庁外事課員。やがて物語は単なる暗殺事件から警視庁上層部のスキャンダルへと繋がっていく！（細谷正充）
こ-32-1

今野　敏
凍土の密約
公安部でロシア事案を担当する倉島警部補は、なぜか殺人事件の捜査本部に呼ばれる。だがそこで、日本人ではありえないプロの殺し屋の存在を感じる。やがて第2、第3の事件が……。
こ-32-3

近藤史恵
ふたつめの月
契約から社員本採用となった途端の解雇。家族の手前、出社のフリで街をさまよう久里子に元同僚が不審な一言を告げる。まさか自分から辞めたことになっているとは。（松尾たいこ）
こ-34-4

近藤史恵
モップの精は深夜に現れる
大介と結婚したキリコは短期派遣の清掃の仕事を始めた。ミニスカートにニーハイブーツの掃除のプロは、オフィスの事件を引き起こす日常の綻びをけっして見逃さない。（辻村深月）
こ-34-5

小森健太朗
大相撲殺人事件
相撲部屋に入門したマークを待っていたのは角界に吹き荒れる殺戮の嵐だった。立ち合いの瞬間、爆死する力士、頭のない前頭。本格ミステリと相撲、伝統と格式が融合した傑作。（奥泉　光）
こ-35-2

古処《こどころ》誠二
アンノウン
自衛隊は隊員に存在意義を見失わせる「軍隊」だった――。盗聴事件をきっかけに露わになる本当の「敵」とはいったい誰なのか。第十四回メフィスト賞受賞の傑作ミステリ。（宮嶋茂樹）
こ-38-1

（　）内は解説者。品切の節はご容赦下さい。

古処誠二
アンフィニッシュト
東シナ海に浮かぶ小島にある自衛隊の基地で、訓練中に小銃が紛失。事件を秘密裡に解決するべく、『アンノウン』でコンビを組んだ調査班の朝香二尉と野上三曹が再び派遣される……。

こ-38-2

五條　瑛《あきら》
エデン
ストリートギャングの柾人は、なぜか政治・思想犯専用の刑務所に入れられる。K七号施設と呼ばれるそこに、柾人は陰謀のにおいを感じるが……。ノンストップ近未来サスペンスの傑作。

こ-39-2

佐野　洋
事件の年輪
老境にさしかかり、みずからの人生を振り返る男たちの前に、かつての出来事が謎をまとってよみがえる。軽妙な筆致で老いがもたらす災厄を描く傑作短篇ミステリー全十話。（阿部達二）
さ-3-25

笹本稜平
時の渚
探偵の茜沢は死期迫る老人から、昔生き別れになった息子を捜し出すよう依頼される。やがて明らかになる「血」の因縁と意外な結末。第18回サントリーミステリー大賞受賞作品。（日下三蔵）
さ-41-1

笹本稜平
フォックス・ストーン
あるジャズピアニストの死の真相に、親友が命を賭して迫る。そこには恐るべき国際的謀略が。「フォックス・ストーン」の謎とは？　デビュー作『時の渚』を超えるミステリー。（井家上隆幸）
さ-41-2

佐々木　譲
勇士は還らず
米サンディエゴで日本人男性が射殺され、遺留品には、六九年サイゴンで起きた学生の爆死事件の切り抜きが……。だが、被害者の妻はなぜか過去のことについて口を閉ざす。（中辻理夫）
さ-43-4

佐々木　譲
廃墟に乞う
道警の敏腕刑事だった仙道は、ある事件をきっかけに休職中。だが、心身ともに回復途上の仙道には、次々とやっかいな相談事が舞い込んでくる。第百四十二回直木賞受賞作。（佳多山大地）
さ-43-5

島田荘司
溺れる人魚

ポルトガル・リスボン。ほぼ同時刻に二キロ離れた場所で同じ拳銃により死亡した二人。不可能犯罪の裏には、稀代の名女性スウィマーを襲った悲劇が。表題作などロマン溢れる四篇。

し-17-8

島田荘司
最後のディナー

石岡と里美が英会話学校で知り合った孤独な老人は、イヴの夜の晩餐会の後、帰らぬ人となった。御手洗が見抜いた真相とは？「龍臥亭事件」の犬坊里美が再登場！　表題作など全三篇。

し-17-9

篠田節子
コンタクト・ゾーン（上下）

南国のリゾートに出掛けた真央子、祝《しゅく》子《こ》、ありさの三人組は、内乱により戦場と化した島にとり残される。生きて日本に帰ることができるのか？　スリルと感動の千三百枚。（山内昌之）

し-32-7

篠田節子
ホーラ —死都—

十数年の不倫関係を続ける女性ヴァイオリニストの亜紀と建築家の聡史。エーゲ海の孤島を訪れた二人に次々と襲い掛かる恐怖は、罰なのか。華麗なるゴシック・ホラー長篇。（山本やよい）

し-32-10

柴田よしき
桃色東京塔

警視庁捜査一課の岳彦がやってきたI県縹村。捜査のパートナーは夫が殉職したばかりの地元の警官・日菜子。迫る事件が二人の距離を変えていく「遠距離恋愛」警察小説。（新津きよみ）

し-34-14

柴田よしき
恋雨《こいさめ》

恋も仕事も失った茉莉緒は、偶然の出会いから若手俳優・雨森海のマネージャーに。だが海の周辺で殺人事件が起き、茉莉緒は真相を追う。芸能界を舞台にした傑作恋愛ミステリー。（畑中葉子）

し-34-15

真保裕一
追伸

交通事故に遭った妻と、五十年前に殺人容疑で逮捕されていた祖母。二人の女が隠そうとした真実は何なのか。それを明かしたのは、夫婦の間で交わされた手紙だった——。（村上貴史）

し-35-6

（　）内は解説者。品切の節はご容赦下さい

（　）内は解説者。品切の節はご容赦下さい。

真保裕一
最愛
十八年間、音信不通だった姉が頭に銃弾を受け病院に搬送された。それは、姉が殺人を犯した過去を持つ男との婚姻届を出した翌日の事だった。姉は何をしていたのか――。（大矢博子）
し-35-7

朱川湊人
スメラギの国
新居に決めたアパートの前には、猫が集まる不思議な空き地。それが悲劇の始まりだった。最愛のものを守るために死闘する人と猫。愛と狂気を描く長篇ホラーサスペンス。（藤田香織）
し-43-3

柴田哲孝
DANCER　ダンサー
遺伝子工学の研究所から消えた謎の生命体《ダンサー》。ストーカーに悩む踊り子・志摩子の周囲で起こる奇怪な殺人事件に『TENGU』『KAPPA』の有賀雄二郎が挑む。（西上心太）
し-50-1

清涼院流水
コズミック・ゼロ　日本絶滅計画
元日の午前零時、全国の初詣客が消えた。それが謎の集団〝セブンス〟が仕掛けた日本絶滅計画の始まりだった。鬼才が放つ、まったく新しいパニック・サスペンス！（森　博嗣）
せ-10-1

高橋克彦
緋《あか》い記憶
思い出の家が見つからない。同窓会のため久しぶりに郷里を訪ねた主人公の隠された過去とは……。表題作等、もつれた記憶の糸が紡ぎ出す幻想の世界七篇。直木賞受賞作。（川村　湊）
た-26-3

高村　薫
地を這う虫
――人生の大きさは悔しさの大きさで計るんだ。夜警、サラ金とりたて業、代議士のお抱え運転手……。栄光とは無縁に生きる男たちの敗れざるブルース。「愁訴の花」「父が来た道」等四篇。
た-39-1

高嶋哲夫
虚構金融
汚職事件で特捜部の事情聴取を受けた財務官僚が死んだ。自殺との発表に疑問を持ち、独自捜査を始めた検事の周囲で不審な事件が……。日米の政財官界にまたがる国際謀略サスペンス。
た-50-4

夏樹静子

てのひらのメモ

シングルマザーの千晶は、喘息の子供を家に残して出社し死なせてしまう。市民から選ばれた裁判員は彼女をどう裁くか？　裁判員法廷をリアルに描くリーガル・サスペンス。（佐木隆三）

な-1-31

永瀬隼介

退職刑事

親子の葛藤、悪徳警官の夢、迷宮入りの悔恨……様々な事情を抱え、職を辞した刑事たちに訪れた〝最後の事件〟。刑事という特殊な生態を迫真の筆致で描く警察小説短篇集。（村上貴史）

な-48-4

永瀬隼介

刑事の骨

連続幼児殺人事件の捜査を指揮する不破は、同期の落ちこぼれ田村の失敗で犯人をとり逃す。十七年後、定年後も捜査を続けていた田村の遺志を継ぎ、不破は真犯人に迫る。（村上貴史）

な-48-5

永井するみ

希望

三人の老婦人が殺害された。犯人は十四歳の少年。五年後、少年院を退院した彼が何者かに襲われる。犯人は誰か、そして目的は――。事件周辺の人々の心の闇が生んだ慟哭のミステリー。

な-55-1

新田次郎

山が見ていた

少年を轢き逃げしたあげく、自殺を思いたち、山に入ったところ、運命は意外な方向に展開する表題作のほか「山靴」「危険な実験」など十四篇を収録した短篇集。（武蔵野次郎）

に-1-28

西村京太郎

新・寝台特急《ブルートレイン》殺人事件

暴走族あがりの男を揉み合う中で殺した青年はブルートレインで西へ。追いかける男の仲間と十津川警部。青年を捕えるのはどちらか？　手に汗握るトレイン・ミステリーの傑作！

に-3-43

西村京太郎

十津川警部　京都から愛をこめて

テレビ番組で紹介された「小野篁の予言書」。前所有者は不審死し、現所有者も失踪した。京都では次々と怪事件が起きはじめた。十津川警部が挑む魔都・京都１２００年の怨念とは！

に-3-44

（　）内は解説者。品切の節はご容赦下さい。

西澤保彦
神のロジック 人間《ひと》のマジック
ここはどこ？　誰が、なぜ？　世界中から集められ、謎の〈学校〉に幽閉されたぼくたちは、真相をもとめて立ちあがった。驚愕と感動！　世界を震撼させた傑作ミステリー。（諸岡卓真）
に-13-2

楡　周平
骨の記憶
東北の没落した旧家で、末期癌の夫に尽くす妻。ある日そこに51年前に失踪した父親の頭蓋骨が宅配便で届いて——。高度成長期の昭和を舞台に描かれる、成功と喪失の物語。（新保博久）
に-14-2

二階堂黎人
鬼蟻村マジック
鬼伝説が残る山奥の寒村を襲った凄惨な連続殺人事件。五十八年前に起こった不可解な密室からの犯人消失事件の謎ともども、名探偵・水乃サトルが真相を暴く！（小島正樹）
に-16-2

似鳥　鶏
ダチョウは軽車両に該当します
ダチョウと焼死体がつながる？　——楓ヶ丘動物園の飼育員「桃くん」と変態（？）「服部くん」、アイドル飼育員「七森さん」、そしてツンデレ女王の「鴇先生」たちが解決に乗り出す。
に-19-2

貫井徳郎
夜想
事故で妻子を亡くした雪藤が出会った女性・遥。彼女は、人の心に安らぎを与える能力を持っていた。名作『慟哭』の著者が、「新興宗教」というテーマに再び挑む傑作長篇。（北上次郎）
ぬ-1-3

貫井徳郎
空白の叫び（上中下）
外界へ違和感を抱く少年達の心の叫びは、どこへ向かうのか。殺人を犯した中学生たちの姿を描き、少年犯罪に正面から取り組んだ、驚愕と衝撃のミステリー巨篇。（羽住典子・友清　哲）
ぬ-1-4

乃南アサ
紫蘭の花嫁
謎の男から逃亡を続けるヒロイン、三田村夏季。同じ頃、神奈川県下で連続婦女暴行殺人事件が……。追う者と追われる者の心理が複雑に絡み合う、傑作長篇ミステリー。（谷崎　光）
の-7-1

（　）内は解説者。品切の節はご容赦下さい

乃南アサ
水の中のふたつの月
偶然再会したかつての仲良し三人組。過去の記憶がよみがえるとき、あの夏の日に封印された暗い秘密と、心の奥の醜さが姿をあらわす。人間の弱さと脆さを描く心理サスペンス・ホラー。
の-7-5

乃南アサ
自白　刑事・土門功太朗
事件解決の鍵は、刑事の情熱と勘、そして経験だ——。昭和の懐かしい風俗を背景に、地道な捜査で犯人ににじり寄っていく刑事・土門功太朗の渋い仕事っぷりを描いた連作短篇集。
の-7-9

花村萬月
象の墓場　王国記Ⅶ
八ヶ岳山麓に拠点を移し、いよいよ神の「王国」は動きだした。だが朧は、不可思議な力を発揮し王国の住人の尊崇を集める息子・太郎をみて、自分が真の王ではないことを悟るのだった。
は-19-10

秦　建日子
殺人初心者　民間科学捜査員・桐野真衣
婚約破棄され、リストラされた真衣。どん底から飛び込んだ民間科捜研で勤務早々、顔に碁盤目の傷を残す連続殺人に遭遇する。「アンフェア」原作者による文庫書き下ろし新シリーズ。
は-45-1

樋口有介
夏の口紅
十五年前に家を出たきり、会うこともなかった親父が死んだ。形見を受け取りに行った大学生のぼくを待っていたのは、二匹の蝶の標本と、季里子という美しい「妹」だった……。（米澤穂信）
ひ-7-8

樋口有介
窓の外は向日葵《ひまわり》の畑
夏休みの最中に、東京下町の松華学園、江戸文化研究会の部員が次々と失踪。高校二年生の青葉樹と元警官で作家志望の父親が事件を辿ると、そこには驚愕の事実が！（西上心太）
ひ-7-9

東野圭吾
秘密
妻と娘を乗せたバスが崖から転落。妻の葬儀の夜、意識を取り戻した娘の体に宿っていたのは、死んだ筈の妻だった。推理作家協会賞受賞の話題作、ついに文庫化。（広末涼子・皆川博子）
ひ-13-1

（　）内は解説者。品切の節はご容赦下さい。

東野圭吾
ガリレオの苦悩
〝悪魔の手〟と名乗る人物から、警視庁に送りつけられた怪文書。そこには、連続殺人の犯行予告と、湯川学を名指しで挑発する文面が記されていた。ガリレオを標的とする犯人の狙いは？

ひ-13-8

東野圭吾
真夏の方程式
夏休みに海辺の町にやってきた少年と、偶然同じ旅館に泊まることになった湯川。翌日、もう一人の宿泊客の死体が見つかった。これは事故か殺人か。湯川が気づいてしまった真実とは？

ひ-13-10

広川　純
一応の推定
滋賀の膳所駅で新快速に轢かれた老人は、事故死なのか、それとも、孫娘のための覚悟の自殺か？　ベテラン保険調査員が辿り着いた真実とは？　第十三回松本清張賞受賞作。（佳多山大地）
ひ-22-1

広川　純
回廊の陰翳《かげ》
京都市内を流れる琵琶湖疏水に浮かんだ男の死体――。親友の死の謎を追う若き僧侶は、やがて巨大宗派のスキャンダルを知る。松本清張賞作家が贈る新・社会派ミステリー。（福井健太）
ひ-22-2

東川篤哉
もう誘拐なんてしない
たこ焼き屋でバイトをしていた翔太郎は、偶然セーラー服の美少女、絵里香をヤクザ二人組から助け出す。関門海峡を舞台に繰り広げられる笑いあり、殺人ありのミステリー。（大矢博子）
ひ-23-1

藤崎慎吾
鯨の王
原潜艦内で起きた怪死事件から浮かび上がってきた未知の巨大生物の脅威。米海軍、大企業、テロ組織が睨み合う深海に、学者・須藤は新種の鯨を追って潜航を開始するが!?（加藤秀弘）
ふ-28-1

誉田哲也
妖《あやかし》の華
ヤクザに襲われたヒモのヨシキが、妖艶な女性・紅鈴に助けられたのと同じ頃、池袋で、完全に失血した謎の死体が発見された――。人気警察小説の原点となるデビュー作。（杉江松恋）
ほ-15-2

（　）内は解説者。品切の節はご容赦下さい

本城雅人
ノーバディノウズ
メジャーリーグ初の東洋系本塁打王に隠された過去。それを探る者たちが次々と姿を消す。果たして彼の正体とは？　サムライジャパン野球文学賞大賞を受賞した野球小説。（生島　淳）
ほ-18-1

松本清張
事故　別冊黒い画集(1)
村の断崖で発見された血まみれの死体。五日前の東京のトラック事故。事件と事故をつなぐものは？　併録の「熱い空気」はTVドラマ「家政婦は見た！」第一回の原作。（酒井順子）
ま-1-109

松本清張
強き蟻
三十歳年上の夫の遺産を狙う沢田伊佐子のまわりには、欲望にとりつかれ蟻のようにうごめきまわる人物たちがいる。男女入り乱れ欲望が犯罪を生み出すスリラー長篇。（似鳥　鶏）
ま-1-132

松本清張
疑惑
海中に転落した車から妻は脱出し、夫は死んだ。妻・鬼塚球磨子が殺ったと事件を扇情的に書き立てる記者と、国選弁護人の闘いをスリリングに描く。「不運な名前」収録。（白井佳夫）
ま-1-133

松本清張
証明
作品が認められない小説家志望の夫は、雑誌記者の妻の行動を執拗に追及する。妻のささいな嘘が、二人の運命を変えていく。狂気の行く末は？　男と女の愛憎劇全四篇。（阿刀田　高）
ま-1-134

牧村一人
六本木デッドヒート
八年の刑期を終え出所した元風俗嬢の笙子。静かに暮らすはずが、十億円強奪事件との関わりを疑われて狙われるハメに！　異色の第16回松本清張賞受賞作。（香山二三郎）
ま-30-1

麻耶雄嵩
隻眼の少女
隻眼の少女探偵・御陵みかげは連続殺人事件を解決するが、18年後に再び悪夢が襲う。日本推理作家協会賞と本格ミステリ大賞をダブル受賞した、超絶ミステリの決定版！（巽　昌章）
ま-32-1

（　）内は解説者。品切の節はご容赦下さい。

森村誠一
タクシー
深夜に乗せた女の客が車内で死亡。タクシードライバーの蛭間正は遺族の懇願もあり、東京—佐賀、一二〇〇㎞を疾走する。死者を乗客として——。戦慄のサスペンス。（大野由美子）
も-1-24

山田正紀
僧正の積木唄
「僧正殺人事件」をファイロ・ヴァンスが解決して数年。事件のあった邸宅を訪れた数学者が爆殺され、現場には〝僧正〟の署名が…。米国滞在中の金田一耕助が殺人鬼に挑む！（法月綸太郎）
や-14-7

矢島正雄
鬼刑事　米田耕作
銀行員連続殺人の罠
「落としの耕作」「鬼の耕作」と呼ばれる引退間近の名物刑事が、元サイバー対策室の若き刑事と共に、銀行員連続殺人の謎を追う。フジテレビ系「金曜プレステージ」のノベライズ作品。
や-50-1

横山秀夫
陰の季節
「全く新しい警察小説の誕生！」と選考委員の激賞を浴びた第五回松本清張賞受賞作「陰の季節」など、テレビ化で話題を呼んだ二渡が活躍するD県警シリーズ全四篇を収録。（北上次郎）
よ-18-1

横山秀夫
動機
三十冊の警察手帳が紛失した——。犯人は内部か外部か。日本推理作家協会賞を受賞した迫真の表題作他、女子高生殺しの前科を持つ男の苦悩を描く「逆転の夏」など全四篇。（香山二三郎）
よ-18-2

横山秀夫
クライマーズ・ハイ
日航機墜落事故が地元新聞社を襲った。衝立岩登攀を予定していた遊軍記者が全権デスクに任命される。組織、仕事、家族、人生の岐路に立たされた男の決断。渾身の感動傑作。（後藤正治）
よ-18-3

米澤穂信
インシテミル
超高額の時給につられ集まった十二人を待っていたのは、より多くの報酬をめぐって互いに殺し合い、犯人を推理する生き残りゲームだった。俊英が放つ新感覚ミステリー。（香山二三郎）
よ-29-1

文春文庫　最新刊

親子の肖像 アナザーフェイス0　堂場瞬一
初めて明かされるシリーズの原点。人質立てこもり事件の表題作ほか6篇

三国志 第十一巻　宮城谷昌光
諫言を呈する臣下を誅殺する老耄の孫権。宮城谷三国志、次の時代へ始動

月は誰のもの 髪結い伊三次捕物余話　宇江佐真理
別れて暮らす伊三次とお文、秘められた十年の物語。文庫書き下ろし

死霊大名 くノ一秘録1　風野真知雄
ゾンビの増殖する戦国の世で、16歳のくの一・蛍が闘う。新シリーズ始動

ありゃ徳右衛門 幕府役人事情　稲葉稔
腕が立つのに出世より家庭最優先の与力・徳右衛門の好評シリーズ第二作

おにのさうし　夢枕獏
人は何ものかを愛しすぎると鬼になる。陰陽師の原点ともいうべき奇譚集

異国のおじさんを伴う　森絵都
さりげない毒と感動のカタルシス。短篇の名手が描く人の愚かさと愛しさ

プリティが多すぎる　大崎梢
何でオレが少女ファッション誌に!? 26歳男子、悪戦苦闘のお仕事小説

ばくりや　乾ルカ
貴方の「能力」を誰かの「能力」と交換します、という「ばくりや」とは

二十五の瞳　樋口毅宏
愛はなぜ終わるのか。奇跡の島・小豆島の破局伝説を描いた、涙と感動の物語

マネー喰い 金融記者極秘ファイル　小野一起
メガバンクの損失隠しを巡る闘い。大型新人の経済エンターテインメント

おろしや国酔夢譚〈新装版〉　井上靖
ロシアの大地で光太夫のリーダーシップは開花した。映画化もされた傑作

「結婚」まで よりぬき80s　林真理子
週刊文春名物エッセイ傑作選。国民的ミーハー魂と観察力が光る五十余編

朝はアフリカの歓び　曽野綾子
海外のカトリック宣教者の活動を支援するJOMASの活動を振り返る

人間はすごいな '11年版ベスト・エッセイ集　日本エッセイスト・クラブ編
プロ・アマ問わず良質なエッセイを載せるシリーズ、二十九年目の最終巻

壇蜜日記　壇蜜
熱帯魚を飼う、蕎麦と猫が好き……壇蜜が綴る33歳女子の本音とその生態

ハローキティのマイブック
使いかたは自由、貴方だけの一冊に。キティちゃんのパラパラマンガ付き

「禍いの荷を負う男」亭の殺人　マーサ・グライムズ　山本俊子訳
平穏な田舎町で発生した殺人。元祖コージー・ミステリー待望の復刊!

理系の子 高校生科学オリンピックの青春　ジュディ・ダットン　横山啓明訳
世界の理系若者が集う国際学生科学フェア。感動の科学ノンフィクション